北京：城与年

宁　肯／著
陈惜惜／摄影

北京出版集团公司
北京十月文艺出版社

目　录

序言：我与北京

城市意味着记忆、成长、开始、结束，或重新开始，总之城市是时间的容器（乡村就不是，乡村是时间本身）。1957 年一艘小火轮穿过白洋淀，经天津把我们一家从乡下带到北京。小火轮上坐着我城里人的父亲，乡下的母亲，大哥，二哥，姐姐。哥姐分别是十二岁，十岁，六岁。我没在那条船上，我还没出生。两年后，1959 年，我出生了，带着出生前的记忆与北京开始了某种关系。一个人和一个城市很难说有一种确定的关系，唯有局部或者碎片或者某一个视角能相对地确定一下我们自己。

北京，那时从空中看就是一大片四合院，一望无际的灰色屋顶。屋顶空旷如波浪，上面通常是猫、鸽子的世界。通常猫看着鸽子飞，在角落或枯草中，一动不动。一般没什么办法，或者永远也没办法。但是看，永远看。偶尔，会有个小孩爬上屋顶，探头探脑，与猫、鸽子构成另一种空间关系。这更为罕见，你就是坐多少次飞机也未必能看见一次。那时飞机也少，看见的情况就更少。当然，现在飞机多了，但也基本上看不见北京了。

现在，无论何时一想起自己小时一个人独自坐在房顶上，对猫和鸽子视而不见，就觉得有一个梦始终没做完，就总想回到屋顶看看那一片遥远的北京。现在，我已经比北京老，我充满回忆。以前，我很少意识到自己是北京人。我还记得第一次意识到自己是北京人是在中学历史课上，历史老师有一次讲“北京人”，我惊讶自己的老家竟然在周口店，稍后才知道此“北京人”非彼“北京人”，或者说简直毫无关系。尽管如此，两者的重合还是烙印在心里。我甚至觉得失踪的“北京人”头盖骨故事对我也有种莫名的影响。我不想夸大这种影响，但所有特殊事物都有投射功能，有时仅仅一个词都会对一个人产生影响。另外，在北京这样的地方，经历的东西太多了，历史常常就在身边非常具体地展开，某种镜像、心理叠加对人的影响化为无形。夸大这种影响是形而上学，但完全无视也不符合实际。2010年我的西藏题材长篇小说《天·藏》问世，责任编辑王德领先生有一天对我说他在《天·藏》里读出了北京。我非常意外，两者毫无关系。我曾在西藏生活过几年，那是很年轻的二十郎当岁儿的时候，我记得我离开北京的时候是想竭力忘掉北京的。但真的忘掉了吗？我没问王德领从《天·藏》里读出了什么，不必问，一问就形而上学了。换句话说，有些东西是不能简单说出的，我与北京，或者北京与我，能简单说出吗？

我喜欢神秘、巨大而又敞开的事物，喜欢这类事物带给我的一种无法言说的感觉。去西藏之前我二十四岁，那是我青春年华中最迷惘的一段时光，记得我曾一个人去故宫，在红墙下散步，在斑驳的地上徘徊，在荒草中停留。我并不喜欢故宫，但喜欢故宫构成的纯粹的空间。一切都和历史无关，我不走进故宫的任何大殿，不想知道任何历史掌故包括传说，

2013.11.29

北京国子监

真正的北京，是看不见的，每个人的心中都有一个北京，如拈花微笑，如梦幻泡影。这就好像老舍先生在《想北平》一文中写道的，“每一小的事件中有一个我，我的每一思念中有一个北平，这只有说不出而已。”

——陈惜惜

我就是喜欢一个人和一种巨大的空间，和荒草、颓砖、天空……在台阶上，在门下，在黄昏的阴影中凝视远方。我蔑视历史，从不感觉在历史面前自己渺小，仅就抽象的空间而言，故宫这样的地方抽象未知的东西太多了，一如我那时青春的迷惘与神秘。后来，我的另一部书《沉默之门》中写到了故宫的外景与周边，写到那一年筒子河边的雪地上一个疯掉的诗人。这个诗人与一个有“九命而不死”的老人散步，两人相互搀扶，踱步。冬日的阳光在那年非常清冽、干净，好像是对血的一种自净行为。河岸空无一人，只有我的主人公挽着有“九命而不死”的老人走在风或雪后的阳光中。老馆长腰弯得厉害，但在深度的弯曲中却昂着头，目光直视，像一尊铜像。故宫筒子河畔始终没放置一些铜像，始终少了一些真正人文的东西。石狮子、铜狮子，固然是艺术，甚至也算人文，但究竟还是近似图腾，不如人。

我曾在南长街 34 号居住，这条街过了西华门是北长街，南北长街分布着中南海、故宫、中山公园、福佑寺，直至北海，街边有不少深灰色的深宅大院，一般只能看见里面的树和方形烟囱，却很少见到冒烟，好像空宅。同样也有不少普通居民小院，或三五户或七八户，街边有菜店、副食店、粮店、垃圾桶，包括修车铺。两所中学，北京六中、北京一六一中，如果算上长安街上的二十八中就是三所中学，它与北京六中事实上不过一墙之隔。另有南长街小学与北长街小学。这样密集的几所学校，一到下学，人流如潮，追跑打闹，大呼小叫，堪比赛事散场。不过尽管这么多人流，不一会儿这条街仍是北京最安静的街。夜晚，绿树红墙，华灯映照，仿佛久远的古代时光。我住的 34 号与中山公园仅一墙之隔，从后窗能看见筒

2013.03.09

北京三里屯地铁口

看着人们从地底深处黑暗的洞穴里，缓缓升起，屏住呼吸，直到浮上地面才舒了口气，在看到那第一缕阳光的瞬间，每个人都显得那么渺小又孤独。

——陈惜惜

子河、城墙、角楼。只是时光荏苒，这些年南长街面貌大变，街上的菜店、副食店、粮店、照相馆、修车铺，都失去踪影了。没有垃圾桶，空空荡荡，干干净净。没有下学的人流，学校都迁走了取消了，民间的院子所剩无几，大多都经过了深度改造，变成很新的灰色深宅，烟囱还是见方的，墙体簇新，完全没了时间含量。除了新就是新，新得不可思议，甚至恐怖。都拆了，换了新的，却几乎无人。

一切我都接受。经历得太多了。在北京还有什么没经历过的？因此一切也都没什么了不起的。有人不喜欢北京的新潮建筑“鸟巢”“巨蛋”“大裤衩”，也没什么了不起的，我甚至莫如说喜欢。我说过我喜欢巨大的事物，喜欢超现实的东西，故宫在“巨大”这一点上在全世界也是超一流的、超想象的。北京的新潮建筑至少在“超想象”上继承了北京的传统，如果说以前的“巨大”有着严整性、确定性，如故宫、历史博物馆、人民大会堂，那么以“鸟巢”“巨蛋”“大裤衩”为代表的新兴建筑又增加了北京的不确定性、不可把握性、怪诞性，它们昭示了北京不仅是中国的，也是世界的，甚至是世界之外的。对，世界之外。我不知这些新的不确定性的巨大建筑再加上古老的确定性的建筑，对后世北京人有何种影响，反正北京越来越复杂，越来越不可把握，越来越怪诞、立体却不透明。如果把北京比作一面历史与现代甚至后现代的镜子，那么在这面镜子中，我越来越看不清自己。

我无法说喜欢还是不喜欢这种看不清，这不是我能选择的，但是有一点我知道：比起那些一眼能看清自己的地方，比如风景地的海边、山中、河畔，我还是接受这个看不清自己的北京。

北京给予了我太多无形的东西，如果这不是一种天赐，也是一种宿命。无论什么，作为一个写作者，我都照单全收，一切都在我的写作范围之内。我不仅仅是一个人，我比北京老，我为写作而来。当然，我早晚会住到海边的：一个人和大海和一面澄澈的镜子。那时在镜子里再看一个更加超现实的北京，而这个北京已经与我无关。

记忆之鸟

……实际上人并不总是向前走的……到一定程度就开始往回走，会寻找自己的来路、起点，对起点的好奇超过对未来的好奇。为什么有考古学？因为人类有回望的冲动。个人也一样，从某种意义上说，“我们来自哪里”这样一个命题不是一个由他者比如父母能回答的问题，也不是一个科学比如染色体的问题，而纯是一个自我意识的问题。在这个意义上说生命并非始于诞生，而是始于记忆。如果时光可逆，我的记忆的尽头是什么？

接近尽头的是两只死鸟。应该是在我三岁或四岁的时候，现在如果拿着放大镜定睛细瞧，这两只鸟像化石一样清晰嵌在早期岩石的记忆中，等待被发掘、考古。两只死鸟的后面，也就是尽头，还有没有记忆？当然有，但是太渺茫了，太昏暗了。只是一些碎片，很难拼出完整的“陶器”，更多只有地质学意义。无疑早期记忆接近无明，就像岩石或个人的史前时期。事实上探访早期记忆也一如古生物学家在岩石中提取生命痕迹，如果可能，通过 DNA 复活生命。但似乎现在还没做到，那么我能做到吗？

我不知道。

为什么记忆的尽头是两只死鸟而不是别的？在类似催眠或记忆考古的方式中，在记忆的自然博物馆，进一步深度地问自己：为什么记的不是一只鸟而是两只？两只有什么不同？两只类似青铜时代？具有划时代意义？“一”不是真正的记忆？正如碎片不是陶器？

现在，两只死鸟，穿越五十年光阴，在我四岁的视窗上，如同在霜花玻璃上哈一口气——慢慢显现、复活、还原出青铜时代。两只棕色的麻雀从岩石中飞到我的床前。当然，不是自己飞来的，无疑是父母或别的什么叔叔送给我的。岩石到床，床的出现至关重要。床与我如此切近，足以呈现更多记忆：我看到我坐在很大的床上，两只棕色的鸟没放在一起，分别放在了两个纸盒里。我被告知一只属于我，另一只属于“别人”。

“别人”对于幼小的我是一个重要概念，之前我是没有别人这个概念的，正是两只鸟区分了我和别人，这对我是第一次。这点，对一个四岁孩子来说怎么强调其意义都不过分……是的，我在父母亲宿舍里，因没人照看被一条绳子拴着，不能走远，不能下地。

父母走前总会放点什么供孩子玩，那次是鸟，是两只而非一只。两只非常关键，因此才有“故事”，记忆。是两只小麻雀，刚长出一些翅膀，还不会飞，几乎一模一样。但慢慢地，却清楚地知道了哪一只是“我的”。自然喜欢属于我的那只，也开始无视另一只。因为被绳拴着，我非常安静，我长时间把属于我的那只鸟捧在小手心上，盯看，看黄色的小嘴，圆圆的眼睛，看完这边眼睛看那边。我的时间太漫长了，有了鸟时间过得很快。

因为被缚我养成了慢，一切都如此之慢，养成了盯视的习惯，看什么都会看得时间很长，眼睛有时几乎成了放大镜。这个性格很重要，这个性格可以看作“我”的某种“摇篮”。我看到了非常细微的东西，甚至不妨说梦幻的东西。如是一块石头或一个什么小玩意儿也就罢了，顶多被我攥出汗来，但如果是一只鸟非常不同……鸟是活物，有生命的东西，一如我自身的镜像，是最好的潜移默化，引发最重要的成长。

果然，黄口小麻雀的眼睛被我看得闭上了，不过又睁开了。但过了会儿又闭上了，接着半睁半闭，颤，闪……开始我还觉得好玩，但是“颤与闪”突然像某种无形的闪电划过我黑暗的意识，本能地不安……本能地觉得这鸟“不好了”，于是打开另一个盒子，里面鸟的眼睛圆圆的，一眨不眨，非常精神，而我手上的鸟蔫头耷脑。我没任何犹豫，就把“我的”鸟放入盒子，把“别人”的鸟拿出来，换了个个儿。

没人教我这样做。是一只快死的鸟让我产生了区分意识，换的意识，而“自我”就是这样诞生的吗？我以为是的。捧着“别人”的，当然现在变成自己的鸟，不安消失了，又高兴起来。重新将自己的鸟捧在手心盯视，抚摩，玩，这一段是记忆空白，推出来的，事实上紧接过来的记忆是第二只鸟再次眨眼，颤，闪……不是梦境……完全不是……这只刚换过的鸟像上一只鸟一样，先是一只眼闭上又睁开，半睁半闭，颤，闪，不一会儿另

2014.10.05

北京美术馆东街

其实没有所谓的“北京”，没有亘古不变的帝都，“北京”从来是个不稳定的概念，瞬息万变，捉摸不定，北京一直在建设中，京城的美也来自万物的无常。

——陈惜惜

一边的一只眼也开始重复……

第一次没有难过，只有不安，因为立刻想到另一只鸟。这一次没有不安而是难过，某种真正的东西觉醒了……又赶快打开盒子，看到自己原来的鸟，又有了一丝高兴，因为这只鸟仍只是一只眼闭着，另一只眼还睁得

圆圆的，于是再次换回……但是很快，又开始颤，闪——不用思考，这已是明白无误的死亡征兆。我哭了，非常委屈，我甚至看到自己哭的样子——嘴慢慢撇着。

事实上，哭是一种祈求，即使没人也好像旁边有人，我祈求鸟的眼睛别再闭上，求它了，“别闭上，为什么要闭上，”我看到我把鸟放在了嘴边，嘴对嘴对鸟说。它还是闭上了，闭上了还在颤！

我把鸟放到盒子里，它勉强站了一会儿，倾斜，站不住，有一刻又睁开了眼，但再闭上时一下子躺下，两腿慢慢伸直。

两只鸟都死了，整整齐齐躺着。

非常悲伤！且不可知，不可思议。

四岁，我目睹了死亡的全过程，看到了每一个细节，一点点变化。整个过程充满了不安、悲伤、委屈、无助，却又什么也说不出来，唯有抽泣。特别是换过来之后依然丧失，让有些东西太无明了，黑色，不可知。有人说孩子没有自我，因此也没有悲伤、自怜性的心理学意义的记忆，我不能同意。可以说没有欢乐的记忆，但悲伤是有的，还有同情，还有自怜，还有无助。事实上无论多小的孩子，心里都埋藏着一切，

2014.04.24

北京老胡同

我每天在街上拍路过的人们，每天和一个又一个既熟悉又陌生的人，一次又一次地擦肩而过，我在每个人的脸上读到的是一页又一页的阅历和沧桑。

——陈惜惜

在记忆的尽头，记忆的起点，每个人都有一个自己的“青铜时代”。

你为什么记住了一些早期东西？一定是因为悲伤、同情，是心理上留下了深刻的东西。孩子说不出，无明，不等于无。

孩子的无明世界是个富矿。当然，挖掘非常困难。

因此记忆考古学也才有意义。

城　墙

坐在无轨电车上，窗外就是高大城墙——这是我早期清晰而又梦幻的北京印象，具有记忆考古的价值。什么时候只要我一闭上眼，就能映现出这幅窗墙的画面。事实上记不清是有轨电车，还是无轨电车，我倾向于后者，但也许是前者，这需要考古。印象中，电车几乎贴着高大城墙行驶，城墙有巨大阴凉，阴气仿佛不是来自阴凉而是来自城墙内部。使劲向上看才能看到城墙顶部，锯齿形的城垛，特别不解。记得宣武门、和平门、前门，这些有着城墙的城门离我家近，常走，一个个城门洞掠过，可清晰地看到砖缝。出了门洞仍是贴着墙走，有时刚一出门洞就有一棵小树从墙上滋出来，像跟你招手一样，其实树已很老，就是永远也长不大。

这已是最后的城墙，1965 年的城墙，我六岁时的城墙。事实上那一年城墙已开始拆，只是巨大的城墙一时半会儿不能拆完，印象中到处是露出黄土的豁口，感觉很新鲜，很快乐，一点儿不觉得那是毁坏，相反感到一种一成不变中的变化。孩子都喜欢变化，喜欢自己和周围一同成长。常常可以随处登上城墙摘酸枣、逮蜻蜓、粘唧鸟。城墙中间是土路，生有野菜，哥哥们说三年自然灾害院里孩子全去城墙挖野菜，我却没一点印象。事实上我也不记得摘酸枣逮蜻蜓的事，许多记忆是说出来的，后来总说便仿佛真的记得自己在城墙上玩耍。这种说出来的记忆像梦一样不实，真正坐实的印象是窗外固定的城墙。就算进行记忆考古，也依然飘忽。

记忆考古考的是情绪，没有情绪便没有记忆。

欢乐不是情绪，唯有悲伤、不安才是。

以及无明、不可知，比如城墙。

火　车

“一列放置了八年的火车，慢慢地启动，驶向远方，往昔的乘客纷纷跳上来——”这是几年以前随手写的一段话，放在了自媒体上，马上有人问我是不是一部小说的开头？有人评论：很玄幻，上车，上车。

当然，都不是。与别人无关，只与记忆有关。

如果把我的早期记忆比作博物馆，那么火车无疑应处在最重要的入口位置，即使不是正中，也会是左侧或右侧。通常最早的应放在最前面，但也不一定，事实上能放在一进门位置的并不多，因为许多都处在黑暗中。许多记忆自己从没碰过，比如前面提到的两只死鸟，如果不是记忆考古发掘，已经完全不知它们的存在。但火车不同，是我早期记忆最明显的标志。

我在母腹中便开始了旅行。那时许多工厂下马，父母亲所在的工厂还算幸运，没有下马，但是迁到了远郊的房山，不能天天回家，甚至也不能每周回家，要两周才能回家一次，叫“休大礼拜”。由于路途远，无法坐长途汽车只能坐火车。就如同现在人们坐地铁上下班，我们那时挺超前的。

但那可不是地铁，就是十足的火车。

不记得每次的归来，却总是记得离开。因为每次离开都紧张、不安，每次离开都要去永定门坐火车。永定门在我幼小的心灵里已够远，但那儿还只是起点。每次都起得特别早，每次都是被尖锐的闹铃惊醒，一醒就是打仗似的忙碌，快，快，快，听到最多的就是这个字。

因为两周后才会回来，要带些吃的用的东西，包括给邻居带的东西。大包小袋，父母拖着我，或抱着我从前青厂胡同深处走出来，穿过琉璃厂，至十字路口，右拐到“厂甸”，坐 14 路汽车头班车。

多年以后我才知道“厂甸”庙会与琉璃厂齐名，或者不可分割，已有四百多年历史。厂甸与我关系密切，但我却对它毫无记忆。厂甸庙会全盛时期，据载北起和平门，南抵梁家园，西到南北柳巷，过南北柳巷路口就是前青厂。也就是说，厂甸庙会最盛时甚至一度延伸到了我的家门口。庙会的核心是海王邨，现在逛琉璃厂的人还必到这里。因与琉璃厂事实上完全重合，厂甸庙会是北京最重要的庙会。庙会停办于 1965 年，这一年开始拆城墙，我记得拆城墙，却不记得庙会，搜遍记忆博物馆也没有厂甸庙会的位置。历史一旦断裂，便会相当的虚无，2003 年，厂甸庙会恢复，我没有任何心动，倒是记得早年一次次从厂甸的离开。

记得凌晨胡同里昏黄的路灯。

当年无论前青厂还是琉璃厂，电线杆上都是那种特别小的黄灯泡，大约也就是十五瓦，唯到了琉璃厂十字路口，当中才有一盏暗红的灯。暗红

黄昏的北京地铁，远远看像是上个时代的绿皮火车，
不疾不徐地开向未来。

——陈惜惜

2014.11.11

北京北五环

来自灯罩，灯罩六角形。从胡同出来，远远就看见了暗红的灯罩，昏暗中的红色那样亲切，是生命最早的记忆之一。

那么早就赶火车，有些不安是肯定的，不安不仅来自睡眠被突然摧毁，也来自父母亲这时的紧张的争吵。每次出门前总争吵，起因都是为了带东西：我们是城里人，回到郊区总要给厂里非城里的人带些吃的东西，没什么特别的，就是烙饼馒头之类，那时困难，吃的东西就是最好的了。通常父亲总是多拿，而往往母亲觉得已经不少了，争执即产生于此。“三年自然灾害”，还有什么比食物更紧缺的？父亲是一个特别有尊严感的人，总要多拿一点再拿一点给邻人，才符合他那时已经千疮百孔的自尊。他从一个工厂的创办者，到公私合营，又迁出城里，变成了一个普通的工人，他的人生一直是下坡路。他当然想不到不久的路更下坡，那时“文革”已不远。

绝望地走在昏暗的胡同里，看到路口暗红色街灯有种说不出的感觉，很难说红色是消解了争吵带来的绝望感，还是增加了不安，所以印象特深。车站没人，只我们一家三口，无话，甚至直到车来了，母亲抱我上去，父亲提着大包小包，三口人坐好后，还是无话。车内空荡，只有司机、售票员，两三站后才陆续有人上来。夏天这时天已蒙蒙亮，若冬天基本始终是黑的。

永定门汽车站与火车站那时是一体，无论何时，这里都熙熙攘攘，紧紧张张，过栏杆，上天桥，上上下下，大包小包，拉着孩子或者抱着，另一只手还提着东西。无法领着的孩子紧跟着大人，一切都是骚动的，匆忙的，不安的，直到上了月台，登上火车，找到了座位，大包在行李架上放好……坐好……

而记忆也就此中断，断片儿……

记忆总是与紧张不安有关，紧张消失记忆中断。欢乐是木质的，与记忆绝缘。催眠唤起的首先也不是记忆而是情绪，没有情绪便没有记忆。情绪唤醒图像，图像唤醒记忆，场景渐次展开：暗红色的街灯，混乱的车站，天桥，月台，大包小包，匆匆脚步，以至时到今日我一到火车站候车大厅仍忍不住地焦虑，不安，哪怕提前许多时间。

火车上的记忆差不多是抽象的记忆：我坐父亲或母亲的腿上，临窗，似乎再没什么。不，还是有什么，我看到了，每次车过永定河父亲腿上的我都很紧张——因此，这时又有了记忆。甚至每次都有预感：只要火车一接近卢沟桥，还没到呢，往往我就紧张起来。动物有这种直觉，人也有，其实动物身上许多东西人都有，只不过被压到意识下面了。果然，那片茫茫的总是遇到的可怕的大水迎面而来，火车快速驶到水里（在桥上但看不到桥，只能看到水），我抓住父亲的手，紧紧盯着河水，河水明晃晃的，布满细致的很快的动感波纹。一小片河中的沙洲会多少让我感到安慰，但转瞬即逝，又是无边的水……直到看见了草、岸、田野——火车又飞快驶上陆地。

我对绿皮火车上的全部记忆就是这种透过窗口的记忆，它不安，但不像离家时的不安，是一种抽象的，或者不如说有益的不安。这样的窗口无限重复，到我六岁那年戛然而止，我要上学了。

尽管1966年没招生，我还是留在了家里，与哥哥姐姐一起生活。那一年轰轰烈烈，到第二年冬，我八岁多快九岁了才上学。我已经玩野了，新生活完全覆盖幼年记忆，以至见到火车都新鲜，甚至一度在城外疯狂追火车。我已十一二岁，像五月的麻雀，一飞就是一群。我随着院里的小伙伴经常去永定门外的二道河畔逮蛐蛐、捞小鱼、抓蚂蚱、偷玉米。永定门我竟然也全不记得了。我在黑色枕木的铁道上疯跑，趴在铁轨上听火车——

听得很远，很静，像落下的麻雀。

火车近了，近了，我们一哄而起。跑，追，扔石头，喊，声音想超过火车，完全忘了小时候，忘了永定河，眼前只有护城河，或二道河。只有眼前的事物，没有记忆，什么也不记得。只是火车远去，偶尔望着远去的火车有点恍惚，发会儿呆。好像想起什么，但什么也没想起，只是把石头扔得远远的。

化　石

铁路，麻雀，化石，它们在我的记忆博物馆中布满灰尘又十分清晰。那枕木是有沥青的老枕木，现在早就是水泥的，已很少见到过去的枕木。与枕木相对应的是铁轨，磨得锃亮，闪着过度的寒光，路基上的碎石布满陈年的风尘与油渍。显然，这是詹天佑的铁路，慈禧的铁路，光绪的铁路。但那时我们根本没有这些概念，没有历史，没有记忆，课文是语录，万岁，事实上我和路基上的碎石差不多。我们在铁路上捡化石。碎石中偶尔有化石，也有些发白的石头，我们都捡，捡完了回去在马路上画格子，跳房子。通常都用粉笔头画，有了化石会一下把烂粉笔头比下去。好的化石很少，也很小，通常只有小指头大小，多半是一些有点发白的石块，偶尔捡到一小块真正的化石会大喊大叫。真正的化石接近透明，像羊脂玉一般。

除了铁路，化石还有一个来源，那就是冬天里的运煤车。特别喜欢运煤车，远远的一听到，就从院子里跑出来看。那时胡同里很少见汽车，夏天基本没有，只到了冬天才有。我们与季节一同成长，知道运煤车的季节规律，每次运煤车来了才好像换季。运煤卡车驶进胡同动静很大，嗡嗡的

2013.12.04

北京老胡同

“我是北京大爷，我管它世界末日，我管它天塌下来，大爷我该吃饭的时候吃饭，该睡觉的时候睡觉。”我不禁为大爷的梦境配上了解说词。

——陈惜惜

声音震得门板直响，我们站在当街，或闻汽油味，或跟着跑，或大喊一声。煤运往煤铺，自动翻斗，倒下后会形成一个煤山。忘了最早谁发现煤里有化石，反正后来煤车一来便去捡。煤里的化石同样很小，和铁路上的差不多，不同在于煤里的化石真是雪白，铁路上的化石有点发红。事实上我们知道铁路有化石，还是听运煤师傅说的。运煤师傅见我们在煤堆上爬，弄得跟黑人似的，便告诉我们去铁路。铁路上有时货车会突然停下，像有什么事似的，有时正好是运煤车，这时我们就会扒上去。我个子小，从来没真正扒上去过，另外也担心火车一旦启动怕下不来。这种担心事实上多余，通常车只要一动我们便会像麻雀纷纷飞起，无论是扒在车上的，还是到了煤堆里的。

铁路的意义不仅在于给了我们麻雀，化石，奔跑，扔石头，喊，事实上还无形地提供着远方，我们去不了远方，也不想远方，但是我们站在通往远方的某个节点上，这同总是在院子里不一样。事物都不仅显在也潜在着什么，前者往往遮蔽后者，但后者往往更具有决定性。铁路提示着远方，很多年后我才意识到它对我的意义。为什么我的第一部长篇小说一上来就写到了铁路，几乎无意识地返回了童年？《蒙面之城》开始写道：他们追火车，扔石头，向火车吐痰，大吼大叫。或者沿铁路疯跑，捉迷藏，用一整天时间像麻雀似的从郊外铁路一直追逐到城里的西直门。没人沿铁路穿越这个庞大如迷宫的城市，但这是可能的。他们不知自己做了什么。铁路破败，荒芜，像上世纪时光，1910 年的麻雀在飞翔。

虽然没写到化石，但已隐含了化石。童年就是这样，虽然小但决定了许多事物。就像有些水流很小，却决定了远方。

父亲，母亲

父亲生于1912年，民国二年，差一点就赶上晚清。小时候一想到这个时间，我就觉得特别遥远，不可思议，1912年什么样？和我有什么关系？现在却觉得这个时间越来越近。时间不是绝对的，不仅向前走，也会向回走。

我出生时父亲已四十六岁，在乡村差不多已是隔代。1926年，父亲十三岁背井离乡，离开老家，到天津做了一名学徒。学艺有成，走南闯北，在关外营生，月月给家寄钱，到1949年解放前夕父亲寄的钱已使老家以我奶奶为中心的大家庭变成一个富裕人家。父亲的两个兄弟进入了河间县城中学读书，1947年两兄弟在北京办织布厂，不久父亲作为长兄也加入进来。

母亲生于1921年，比父亲小九岁，很早母亲就到了父亲家。父亲常年在外，每年过年才回来。抗日战争爆发，日本人占了河间，炮楼修到了邻村诗经村，一个古村。母亲秘密参加了抗日活动，1939年，她十八岁时背着家人，包括我远在关外的父亲，入了党。母亲姓王，叫王秀莲，因有一个“莲”字，在党内叫“红莲”。那时人了党会有化名，今天如果到河间市委组织部，还能查到这个名字。母亲宣传抗日，做军鞋，送情报……回忆那场战争，让母亲自豪的是有一次一队日伪军“扫荡”，开进了村里，看见满脸黑灶灰的母亲，问母亲看见八路军没有。母亲大胆地说看见了，刚朝东边去了。当时八路军一连人就住在村子地道里，母亲细致地报告了情况，八路军立刻从地道里出动，抄了鬼子的后路，打了一个胜仗，多有缴获。

母亲说自己天生胆儿大，什么也不怕，认准的事就做。母亲是把干活的好手，割麦子比村里的男人都快，做军鞋更是最快的，母亲做的军鞋是别人的一两倍，因为她有时竟然可以不睡觉，一天一宿地做。母亲对过年才回来的父亲说，不打败日本鬼子不生孩子。她差不多做到了。我大哥出生于 1945 年 6 月，好像预言抗战胜利一样。1944 年日本人在我们老家已呈颓势，基本缩在炮楼里不再出来。除非有大的行动，那时也没什么大行动。母亲另一个让她骄傲的记忆是这一年她参加了冀中边区“抗日群众英雄大会”，被边区政府授予“抗日群众英雄”模

2014.03.04

北京老胡同

在噩梦和美梦的边缘，和年轻的自己相遇不相识，仿佛在镜子里看见了不再年轻的自己。

——陈惜惜

范称号。母亲是英雄，1944年晋察冀边区的英雄。可我许多年根本不知道她是英雄，直到听她晚年在病床上说起往事。

母亲说“群英会”的地点距村里很远，从村里出发，母亲由八路军专门护送，穿越了数百里的敌后，有时就从炮楼底下穿过。回忆起那段行程，母亲晚年失明的眼睛熠熠生辉，我几乎看到她年轻时大胆自豪的样子。我母亲也一定又看见了什么，母亲说，群英会回来后八路军动员她参加队伍，她也非常向往队伍，奶奶知道后赶快通知了我远在关外的父亲。

父亲回来了，这是件大事。村里的民兵怕父亲家暴，将我们家院子团团围住，只要一有动静就立刻冲进去将父亲抓起来。但是结果，围了几天几夜也没什么动静。母亲后来劝走了民兵。不过母亲并没改变参加队伍的决定，决意跟八路军走。母亲说服了父亲，父亲也不得不同意。最后我奶奶使出了“撒手锏”，请出了我姥姥。我姥姥也没二话，说我母亲前脚走她后脚就跳河。母亲就没走成，后来生了我大哥更走不了了。想想那时，父亲在日本人占领下的东北凭手艺谋生，闯荡江湖，我年轻的母亲在华北平原抗战，两种世界，在我们的家族史上堪称传奇。或者也是那个时代的传奇。

当然，事实上只有真实，没有传奇。随着 1945 年的胜利，我大哥的出生、二哥的出生、姐姐的出生，到了 1957 年举家迁往北京时，母亲已完全认同了和平年代的生儿育女生活。战争已远去，到了 1959 年我最后的出生，忙碌的母亲早已忘记那场战争，或者看上去忘记了。

我的两个哥哥性格中有我父亲的成分，更多我母亲的成分，他们都是强者，有着自己的传奇。1966 年，天下大乱，我七岁，他们已经纵论天下，为领袖的观点彻夜辩论。我记得在昏暗灯光下他们目光炯炯，手臂挥舞，口若悬河，而我则像一个影子注视他们，好像不是他们的弟弟，好像我在时间之外。或者我属于灯，灯的影子。我听不懂他们说的什么，与纵论天下的他们完全无关、与“文革”无关。阴影中，我流着鼻涕，惊异地看着他们争论，恐怕他们会打起来。有时已经十六岁的姐姐给我擦擦鼻涕，有时不，常常她也顾不上我。有一次我又问了姐姐：是大哥大还是爸爸大?

大哥比我大十四岁，二哥也大我一轮，十二岁，姐姐大我八岁，我记事时他们都已是大人。小时我记得我很费解：他们是大人，怎么又和父母不一样？特别是大哥身材高大，非常威武，于是我第一次问了母亲“是大哥大还是父亲大”的傻问题。大哥是一名警察，比父亲高，一身制服，大皮鞋，大皮衣，大皮帽子，平时不回家，像父母一样大礼拜才回来，让我不解，不可思议。小时不可思议的事太多了，只能瞪大眼睛。大哥从没管过我，不过每次回来都会像抄起玩具一样抱起我，颠来颠去，“扔高高”。有几次扔得有点过高，把我弄哭了。二哥有时也扔我，感觉稍好一点，因为毕竟熟悉，但总的来说我不喜欢被扔。姐姐当然不扔我。我跟二哥和姐姐生活了两三年，1969 年他们也离开了家。

猫

1969年，大人都走了，家里只剩下我和一只猫。它一身黄色波纹，我叫它大黄。大黄猫本来是哥姐养的，他们离家后留给了我。大黄的年龄比我大，正是青壮年，包括它的眼神儿都比我大。小时听过猫和老虎的故事，猫是老虎的师父，有三招绝活儿，蹿、扑、上树，教了老虎两招，留了上树一招没教，后来果真用上了。哥哥姐姐走前让我照顾好大黄，也交代了大黄照顾好我。一开始大黄还有点瞧不起我，对我爱搭不理，我有点气，也不理它。我自己做饭吃，我吃我的，不喂它，没两天大黄就扛不住了，开始蹭我，居然把我当成大人。我还是不理它，它拿尾巴扫我，扫过来，扫过去，然后扑地一下卧在我的脚边。它打呼噜，噜噜噜，可响了。

喂它烙饼、馒头、米饭，它不吃，非得嚼了放在手上它才吃。一开始直接给它，它不吃，那样看着我，仿佛是提醒我要像以前哥哥姐姐那样。我有点生气：爱吃不吃，这么大了还让人嚼着吃。就不嚼。它就真的不吃，饼就在嘴边，它闻也不闻，呼噜。

院里的耗子差不多让大黄逮光了，但偶尔我还能听见大黄在铺底下面折腾，那一定是逮着耗子了，我知道它可高兴了，要且玩呢，且不舍得吃呢。我往铺下看，它就冲我呜呜，要咬我，我一抬手它立刻跑了，把耗子叼到最里面我看不见的地方。玩，舞，且歌且舞，不管多饿，我有时都替大黄着急：别再让耗子跑了！我高兴得不亚于大黄，觉得它逮了耗子回家来吃很认这个家，我看不见它但一直等着，大黄终于玩够吃完，出来后特认真特煞有介事地看着我，好像告诉我它吃完了，吃着好东西了。

有时看到大黄一边呼噜一边吃，心里就忍不住想，怎么给它找点肉？哪怕就是一根没有肉的骨头也行，想象副食店肉案的样子，排队的样子，一筐骨头，水沟里的一小块肉渣。因为猫的缘故我养成了爱想事儿的习惯，我知道大黄渴望的样子就是可怜的样子，无聊的呼噜就是责怪。一只猫会提示许多东西，这些东西混合起来构成了同情。同情是想象与认识事物最重要的发动机，因为同情就会敏感、锋利、捕捉性强，同情会在还没思想时就会抵达事物的底部。反过来说一个人缺乏想象力，实际上是缺乏同情心，而一个缺乏同情能力的人一定是个迟钝的人。有时候我觉得一个迟钝的人比一个麻木的人还要可怕。

胡同西边有个武进会馆，1913 年到 1914 年间鲁迅先生为办“京师图书馆分馆”曾来这里，那年 4 月，鲁迅先生的一则日记写道：“晴，午后同夏司长、齐寿山、戴芦舲赴前青厂，观图书分馆新赁房屋。”那年 6 月京师图书馆分馆租妥了武进会馆夹道的十八间民房，作为馆舍。当年我哪里知道我住的前青厂胡同还有那么多历史掌故？不过话又说回来，北京的任何一个地方稍微刨一刨历史，哪儿又没有名人掌故？武进会馆对面有个副食店，门板上隐约可见“常发”二字，“发”为繁体，毫无疑问民国就有了此店，离得如此之近很难说鲁迅没来过此店。尽管“常发”二字“文革”时被涂黑，上面全是道子，店名也改为“前青厂副食店”，但“常发”的名字在日常语言中始终没变，大家还是“常发”“常发”地叫。“文革”不能改变一切，甚至一些词语就是改变不过来。“常发”除了经营普通副食品，主要还有一个羊肉案，猪肉得到琉璃厂副食商店买，或许是两家的分工吧，但不管卖什么肉，对大黄来说这都是一个梦想之地，自然更是驻留之地。

卖肉的师傅年纪不小了，应该民国时就在这儿卖，戴着套袖，穿着厚厚的皮围裙，翻动着牛耳尖刀，时不时在油亮的铁棍儿上杠上几声。每天一开门并不先卖肉而是先剔肉，一会儿便剔出一筐骨头。有时也边剔边卖，也只有这时才是我的机会。那时肉凭本供应，买肉的都是回民。我也去排队，随着人流排到筐那里是我最紧张的时候，不能犹豫，但也不能被发现，手慢慢往筐边上凑（想到大黄就要吃到骨头，紧张极了），摸到，抽手，闪身，一出店门便狂奔起来。每次不用想那时大黄在哪儿，只要在院里喊一声“大黄”，大黄就会像疯了的我一样不定从哪儿一下蹿出来，如屋里、房上，如那时它在别的院的房上则要稍等一会儿，但不用急，几声之后就会听到它跑动中的“哼儿”“哼儿”声，那是急得饿得才发出的像唱歌一样的声音。都说猫鼻子尖，我原来也以为是这样，但认真想想也不全是它鼻子尖,一定也是听到了我的叫声的不同。平时我叫它,我是说手里没东西的话，它要么慢吞吞，要么干脆懒得理我。这回听出什么不同，便蹿房越脊，连跳而下，经常把杂物上的什么东西蹬翻了，踹倒了，到了我跟前。我当然也要逗逗它，不马上给，它就拉着长声跟我转，然后我只好丢给它。它不会在我面前吃，三蹿两蹿又上了房，在青瓦的干草丛中吃。可肉太少，它

的兴奋度随着吃不到多少肉慢慢降低，然后开始东张西望。后来每次再拿骨头我都要挑一挑，拣肉多的，可哪儿有肉多的，都差不多，师傅庖丁解牛，剔得干干净净，几乎不剩肉。

那个年代，仍有人用羊腰喂猫，是一些老人，老太太老头，那是真

2013.11.28

北京北五环

当世界还小的时候，时间犹如一条直线，不断地往前延伸。当世界长大了，时间慢慢地弯曲了，再也找不到起点。世界长大了，北京也不知不觉变老了。

——陈惜惜

正的老北京，和后来移民来北京的人价值观不同：羊腰子怎么能喂猫？人还吃不上呢。但是就有一些不可思议的老人买——这些老头老太太里面藏龙卧虎，其中一位就是鲁迅的小舅子许功，他就住前青厂胡同周家大院三号，虽然挨了斗但还是来买，人长得有点像胡志明，也是山羊胡子。当然了，当年我并不知鲁迅是谁，也不知道许广平，事实上我什么也不知道，就知道那是一个买羊腰的白胡子老头——清癯的老人们边买还边谈论猫，我在后面排着，看着深色的羊腰有时也想：大黄要是吃上一个羊腰子不定怎么高兴呢。觑了无数次，终于，有一次不顾一切地下了手。羊腰可不是骨头，是摆在案上的，但是我拿了，几乎众目睽睽之下。居然没被抓，怎么拿的已记不清了，回忆起来脑子一片空白，但记得那一刻的紧张，那一刻就像杀了自己一样。没任何记忆。那次疯跑回家，没有任何高兴，始终紧张，给大黄吃的时候也没觉得特别幸福。事情就是这样，走向极致，便也走到头，走向了否定，不要说羊腰子，我后来甚至再没去拿一次骨头。

七十年代初的北京，冷，零下十几度二十度都有，屋里有火都冷，何况我屋里没火。家里人怕我太小，弄不好火中了煤气，晚上不让我封火，要我做完晚饭就让火乏着，自然灭掉，第二天早上再生。的确那时的北京一不留神就会有人煤气中毒，别说孩子，就是家里有大人的，一家子成人，每年也都有中煤气的。昏过去——灌醋醒来，还算好的，街上每年都有人气绝身亡。

晚上没有火——北风呼啸——屋子里零下——大黄任务很重，大黄就是火。我十二三岁，冬天，一个人和一只猫过差不多整个冬天。现在无论什么时候回忆起来，我都觉得当年自己伟大，那么小就开始明确地对抗死亡：

2015.01.27

北京前青厂胡同周家大院
宁肯北京老家

宁肯位于前青厂胡同的老家，一片拆迁了十五年的城市荒原。在北京这个“超魔幻”的城市，一切的“非正常”也会慢慢地变成了“正常”。

——陈惜惜

面对死亡的时候，冬天算什么？冷算什么？那么小就知道死亡对自己是最高的律令。如果不是想到死，我何必每晚乖乖地自觉地把火灭掉？又没人管我监督我，全凭的是自觉。刚钻被窝时，脚底下最冷，冰凉冰凉，真的就像传说中的冰窖。大黄也冷，也愿钻被窝儿，可大黄不愿待在冰凉的脚底下，愿贴在我有热乎气的胸前。而我呢，认为大黄理所应当到“最艰苦”的地方去，于是每晚就有我和大黄的一番争斗。每次钻被窝前我都是先把大黄抱到被子那头，放进去，我呢从这头再钻，一般正好就会和大黄在冰凉的被子半途相遇，我就慢慢地把大黄踹回去。大黄呢也是只有肚子有热乎气儿，所以我就无情地把冰冷的脚板抵在大黄肚皮上。大黄不干，咬我，抓我，当然不是真的，有时就是含着我的大脚趾一动不动。就是说，只要我不动它就不再使劲。不过让我不解的是，有时它的两条后腿会无缘无故地使劲踹我两脚，好像发泄什么似的。这一切都不妨碍热气慢慢从脚底升起，通常这时大黄已睡着，我不让它睡，就把大黄提溜到上边来，因为上边还冷。大黄很不情愿，但一会儿也就又睡了。冬天，我的许多年的冬天，都是这样过来。没有大黄，那些冬天怎么过？从没想过这个问题，但有大黄是必然的，所以有些问题不用想。

屋顶上的梦

屋顶是小时离梦最近的地方，而且想做就做，随时随地，甚至有时随一只猫就做上。并非猫是一种暗示，一种引领，或去追猫，不，有时实际上与猫无关。但也必须承认，对某些孩子，猫又的确是一个引领，一种提示。比如家里没有大人，整天自己生活，非常孤独，猫是家庭一员，而且我家猫也很不喜欢在房上见到我，在房上总是那样看着我，好像问我什么。它竟然不让我抱，一抱它就躲，有时一溜烟跑了，远远地看着我。我其实也不是找它的，就是喜欢房顶。

上房的地方也有讲究，一般从房子之间连接墙上，不是哪儿都能上，这点连猫也一样。因为大人看见要骂，更多是从后院无人处上。说是后院，其实就是个稍宽一点的夹道，即两个院子之间的空隙。有时夹道那边的院子已是另一条胡同，去那个院子得出了院拐到另一条大街上，再由大街拐进一条小胡同,绕一个大弯儿。我们院就是这样,要是将我们院和后院打通，就能横跨两条街。这就是北京。胡同，院子，街，往往就这样构成。

北京有许多叫“×××夹道”的小胡同，有的很窄，有的则像大街一样宽，像有名的东直门夹道、仓夹道。夹道是最具北京特色的建筑，甚至也是中国的建筑特色，《红楼梦》中便有夹道的描写，如第四回便说：“西南上又有一个角门，通着夹道子，出了夹道，便是王夫人正房的东院了。”

没有夹道便没有四合院、胡同，它既是街与街的连接，胡同与胡同的连接，也是院与院的连接。连接又区分，便是夹道的主要功能。夹道宽了就是街、巷、小胡同，窄了就是院与院的分隔，兼有采光功能。通常要是几十户上百户的大院子，自然院套院，院连院，夹道就很多，夹道尽头往往有个月亮门，讲究点的是垂花门，也有一点也不讲究的，就是一个角门。如果夹道那边不通另一个院，只是连接房与房的小夹道，尽头的墙上有时会有一副过去的模糊不清的对子，“生意兴隆通四海，财源茂盛达三江”之类。对子下面堆着生活杂物，煤箱子、碎砖头、木料、洗衣裳盆、竹车、麻包、棉花套、尿臊被之类。猫在这里三跳两跳便上了夹道上面的连接墙，再一跃就上了屋檐，最后站到了高高的房脊上。

一般院与院间夹道都十分的幽静，甚至幽暗、神秘。孩子天性都喜欢神秘，夹道这种地方常常是孩子的“神秘园”。说实在的，孩子都讨厌大人，而这里正好躲着大人，在“神秘园”尽情玩，疯，弹球、拍三角、种花、养鱼、掐蛐蛐、捉迷藏、上房。我们院的“神秘园”有两个上房的地方，一个是夹道的一进口，靠右边的连接墙上，我们堆了一些砖头杂物，可以很轻松地蹬着杂物上房。再一个是夹道尽头的屋檐处的“排水口”，“排水口”凸出来，跳起来，扒着水口的瓦檐一个引体向上翻上去，脚再一蹬就上了房。这种凸出“排水口”就连故宫也有，不过人家那是琉璃瓦砌成，寻常百姓家就是普通砖砌成，且多有破损。逢到雨季，雨水会从两房之间通过排水

2016.01.15

北京老胡同

在季节的故事里，地狱与天堂都幻灭了，只剩下我，孤独又完美，犹如化石。

——陈惜惜

口哗哗流下。“排水口”不是我一开始就能够到的地方，得到我上了初中以后才能像“吊死鬼儿”一样一下挂上去。

上房顶是一种神秘的经验，什么时候上去都觉得周围是一个全然陌生的世界，那种由隐蔽展开的天空，远方，俯视，让你觉得世界上还存在着另外一个世界，另外一个自己，世界的陌生让你感到自己的陌生。（生活中供潜意识发育的地方并不多，房顶是一个。潜意识苍白的人无论如何都是一个乏味的人，而有时候还有什么比一个乏味的人更可怕？很多东西都源于乏味。反之无论你多么艰难你都是一个自洽的人，给自己也给别人带来不同的人。特别是对一个孩子来说，当他站在一个近乎无垠的位置上，别人看不到他，他能看到别人，那种满足感不是一个孩子能定义的，他已不是一个孩子。当然，这一切都是回过头来看，当时完全惘然。问题就在这儿：没有当时的惘然怎么会有后来的回忆？考古发掘？必须感谢让人潜意识发达的时刻，感谢那整个无明惘然的童年世界。）

在房上，有时也会被人发现：看，他上房了！你立刻躲避，消失，这也同样很有趣。你居高临下监视发现你的人，看他们激动、茫然的样子，他们的背后部。因为空间不同，你们的某种关系也不同，在这个意义上说这是一种类似梦一样的权力，同时又是一种实际上的权力。你到了房顶，便意味着你获得了一种超越别人、观察别人的权力。你不再是孩子。此外，你不仅看见自己院子中的人，还看到别院的人。他们与你无关，你感到他们每个人都是木然的，被一个整体的什么东西操纵，整体地活动。没有个人，除非你认识那些个人，那一个个人才会从整体中分离出来。房顶是现实的，又是非现实的，如此日常，又充满奥义。

我一个人待在两个高高的有飞檐的房脊之间，谁也看不见我，连猫偶尔还有鸽子都回避我，我喜欢它们的回避，喜欢纯粹地一个人。我一个人面对强烈、温暖以至暴晒的阳光，享受着那种彻底的明亮的寂静，寂静与阳光让我如醉如痴。阳光如雨，似乎具有永恒性质。我看到许多更远的院子，更远的胡同，更远的街巷，放眼望去，那一格一格的青瓦，种种倾斜，院连着院，院中院，总是让我发呆、出神、忘我。我看到了炒菜、做饭、如厕、写作业、跳皮筋，追跑打闹——这些最熟悉的日常生活也让我陌生，就仿佛在电影中看到了自己，是的，我虽然在上面，但同时还在下面。

房上没有道路，但又有完全不同的道路，你可以沿着特殊的道路很神秘地走得很远，甚至感觉上可以在屋顶世界走遍北京。当然这也只是想想，我从来不会走出太远,最远也不过是穿过四五个院子,在一个叫“小西南园”的胡同拐角，抱着一棵电线杆子下来。电线杆下半截有水泥方柱，出溜到此站稳，一跳，就算完成了屋顶旅行。

小西南园是条很窄又很短的胡同，北口对着周家大院胡同，也就是鲁迅小舅子许功住的那个院子。那时鲁迅小舅子挨斗，平时他总是面墙蹬着小凳子在墙上抄语录，一笔一画，抄得整齐，真是好书法。老头的白胡子像齐白石又像胡志明，小时候齐白石与胡志明我总是分不清。或许就是因为白胡子所以才没把老头斗得太狠，反正，我们胡同斗人都不狠。别处有死人的，我们胡同没有，打肯定也打，不过没朝死里打，没失过手。

小西南园与周家大院之间的那条胡同，就是我一再提到的我住的前青厂胡同。40 号是武进会馆，这儿有点说道。原是清著名经学家、金石学家孙星衍府邸，民国时期《女子白话旬刊》社址也在此。民国二年（1913）鲁迅先生曾多次到会馆商议京师图书馆馆址，后办成图书馆分馆。55 号为中央文史馆馆员、文史学者、诗人、词家夏仁虎故居，胡适、郭沫若、老舍曾到此。但我小时完全不知。不知，也没任何影响，非说有的话就是鲁迅小舅子用朱漆抄毛主席语录。也说不清是啥影响。

我顺着电线杆子爬下来，一溜烟钻出小西南园胡同，然后像小动物一样跑回我们院，有时连喘息都不喘息就又上到房上，上到房上再大口喘。

有时是我们一大帮孩子集体在房上野游，一大帮孩子通常走得更远，像一次房上的长征。因为人多动静大，难免被下面哪个院子的大人发现，会被骂死，甚至打将上来。但也正因为存在着这样的危险，也更吸引了孩子们一次次这么干。孩子的世界之所以和成年人世界不同，就在于超现实性，房顶世界刚好满足了这点。屋顶在下面看通常是压抑的，同时也带来了超越性，就如同有遮挡就总是想要打破遮挡。房顶鼓励了孩子们一种东西：世界除了是你看到的样子，还有另外的样子；可以做你不能做的，一旦做了是那么新鲜有趣。因此我们这个世界得给孩子一点破坏的空间，否则，所有的孩子都会是同一个孩子。

此外，房顶也是一个满足孩子孤独感的世界。多少年后当我读到意大利小说家卡尔维诺《树上的男爵》时，异常惊喜，觉得卡尔维诺小的时候一定没少上房，不禁感叹人类无论看上去多么不同也有共同的东西:《树上的男爵》写了一个孩子一生都生活在树上不愿下来，不正是我小时候的心境吗？卡尔维诺写出了我的东西。此外，更重要的是，放眼望去，屋顶是一个另外的世界，上面不再有胡同、院门、道路，世界是一个完整世界。

我看到了世界的完整性，这对孩子同样十分重要。

卡尔维诺洞悉了房顶上很多东西，正如洞悉了人类最内向的秘密。当然，也还有卡尔维诺没有写出的，事情不会止于一个人。比如一个孩子的无意识中有着怎样的历史？房顶上的孤独与历史的孤独是什么关系？好像没有关系。没有关系也是一种关系，或许更意味深长。

哨　音

“有破鞋换洋火！”

或许买卖太小，或许破鞋换洋火是以物易物，或许喊叫的人衣衫褴褛和叫花子差不多，无法拿他怎么办，或许这是一些流浪的人，所以那时国家罕见地放过了那个时代的这一唯一的叫卖声。唯一的历史的声音。

那时街道干净，空气稀薄，没自由市场，没私人买卖，但容下了“有破鞋换洋火！”我没破鞋，有也会补补再穿，因此从没换过洋火。但每每听到声音都会飞跑出去，一是新鲜，听着就莫名地激动，二是看看还是不是上次那个人，如果是，简直像童话。当然不是。但我要说的还不是“有破鞋换洋火”这事，是那时的另一个例外：推车卖小鸡的。

应该是 1969 年后的几年，人们被大规模地迁徙走了。每年春天，风和日丽，冰消雪化时候，都有乡下人进城推车卖小鸡。不吆喝，往往是一辆加固型的自行车，属自行车里的重装，大梁都是双层的，带着泥土。农人虽一身乡土打扮，但知道是进城，穿得很干净，有时还戴一顶皮帽子。帽边的毛与小毛鸡有种很难说的一致性，但两者看上去总让人说不出的喜

2015. 04. 13

北京老胡同

在老胡同里，总会碰到一些骨子里有故事的人， 偶尔在街上打个照面，隐约能感觉到一股震慑人心的力量。

——陈惜惜

欢。车两边往往各绑着一个大笸箩，笸箩里挤的是刚破壳的小鸡。一般卖鸡的地方是一个宽敞一点的胡同口，可以围很多人。不知道当时为什么不管这件事，或许就连现在我们的邻国也不管这事？春发秋收，万物繁衍，天经地义？

真的，当时没一个革命群众管此事。或许有人管过被更多人甚至全体

抵住？我不知道。的确，这不是商品，是这个季节的生命，与钱无关。与季节有关，到这季节了就该出现它们。所以也就不管了？的确，哪怕是最铁石心肠的人，当看到季节中憨厚的农人掀开笸箩的一瞬，小毛鸡叽叽喳喳你挤我我挤你地整体地蠕动，谁不会有一种生命深处的牵动？农人远道而来，显然并不习惯走街串巷，因此也不吆喝，就是往胡同口一摆。不管挑，你自己拿，不负责挑公的母的，倒是买的人有懂行的，帮大家挑。整条胡同（反正我们院是这样）家家都买了，少则一只，多则十几只，多少钱一只已忘了，反正也就是几分钱，最多超不过五分钱一只。

刚买来的小毛鸡似乎仍眷恋着大筐，喜欢成群结队，你挨着我，我挨着你，像风吹水波一样一会儿波到这儿，一会儿波到那儿，在春日的阳光下会变幻出不同的光感。分不清谁家的，不过用不了几天就会分得清清楚楚，它们各回各的门前，各找各家。家家剁菜叶，拌棒子面，弄食盆，仿佛回到了过去的农村景象。春天里养小鸡，无异于一个古老的节日，基因里的习惯。其实说起来一点儿也不古老，北京，除了一些老北京人，那些提笼架鸟，即使“文革”中也用羊腰喂猫的人，大多以前都在乡村，很多习惯都是乡下习惯。我们院七八户人家，大多是河北老家的乡音，来北京早点的也不过就是解放前几年，日本投降是个小高峰，更多五十年代初才迁来。往往一个院的人原都是一个村的，或邻村的，说起来都是五服内的亲戚，有的大人是要管小孩叫叔的。当然到了城市了，也没人论了，越来越城市化，越来越街坊四邻化，往往越让北京增加着多元、多质、多向。比如每年的毛鸡，不是北京的，又是北京的。国外有些城市也是这样，有一年我去马德里，忽然繁华古老街道走来一街筒子羊，牧羊人坐在马车上，大摇大摆赶着羊走在城市中心大道上，后来一问，原来是马德里的赶羊节。羊本来和马德里无关,但又神奇地是马德里内涵的一部分，人们去马德里有时就是为城市的羊群。

的确，如同节日一样，胡同里养鸡就是一阵儿，热闹完新鲜完便绝大多数消失。有些死了，有些养着养着一看出是公鸡就炖了。毛鸡刚买时看不出是公鸡还是草鸡，稍大后才能慢慢看出，比如公鸡一开始不长尾巴，长翅膀长腿，往往又秃又壮，所谓秃尾巴鸡就指的这时。一看出是公鸡还养什么劲，但草鸡就不同了，草鸡温良、秀气，像小少女一样，非常可爱。但不知草鸡为什么特别少，十只里头有一只就不错了。

我从没买过鸡，但养过鸡，是小徒子给我的。小徒子是我叔的孩子，比我大几岁，七一届的，应该是 1969 年或 1970 年，那个春天他一下买了十几只小鸡，好像有什么梦想，但结果没多久就死的死，吃的吃，就全没了。倒是他送我的两只活了一只，而且竟然是草鸡！这让小徒子颇不平，本来没看好我，本来是同情我，怎么我倒比他强了？说实话我也没想到。

我也没怎么认真喂，我自己还不能很好地照顾自己怎么可能照顾好小鸡？但我的小草鸡真像天使下凡，出落得越来越好看，越来越苗条，它棕色，尾巴很长，翅膀也长，有时一抖翅甚至能飞出几米，甚至有一次还飞到房檐上。也因此，我的小草鸡就有了一种功效，就是据说可以用它招鸽子。

北京的天空，即便是“文革”闹得最厉害时也没断了鸽子与哨音。六十年代末七十年代初，北京人走的走，下乡的下乡，显出热情萧条的说不清的一种空落，这时鸽子便常常是人们或仰望或出神的对象。

早晨，黄昏，鸽子飞在霞光里，房脊上，身体倾斜的姿态，感光，倏忽之间的变化，重新感光，特别是还挂着哨，远远近近，高高低低，来来回回都让人有一种什么也没变的感觉。当然，出神是一回事，养鸽人又是另一回事，实际上在哨音与霞光之中，放鸽人是有竞争的。

其中一个很重要的竞争，就是谁能把别人的鸽子招到自己的鸽群里。比如鸽子有时会三五成群掠过我们院的上空，这时如果也养鸽子，就可以放鸽子，看能不能把飞翔的鸽子一下招下来。小徒子不养鸽子，但却有着不切实际的梦想：想用鸡把鸽子招下来。因此我的漂亮的但比起鸽子还是显得笨得多的小草鸡便被小徒子派上用场，哨音临近，越来越近了，小徒子就死死抓住我的漂亮的小草鸡，说时迟，那时快，一下把我的小草鸡扔上天。我的小草鸡有时扑腾到房上，有时直接下来，虽然我很心疼我的小草鸡，但也真希望它招下一两只鸽子。但是这怎么可能呢?

越看越不可能，人家是鸽子，多么骄傲，况且鸽子飞得再低，相比草鸡也还是太高了。院里所有人，我是说孩子，特别是我，都看出了不可能，但小徒子不罢手，不仅不罢手，还把我的小草鸡越扔越高，有时我的小草鸡累了就直接摔在地上。鸽子连看也不看我们一眼，骄傲地、简直像掸着下面愚蠢人的嘴巴倏忽飞走了，让我们能感到一脸响亮的哨音。直到后来小徒子也不知从哪儿弄来俩鸽子,名叫野楼,才不再折腾我的美丽的小草鸡,而我也不再关心天上的鸽子,即使哨音再近也不。

有些记忆是断尾的,我完全不记得这只小鸡后来的命运,正如我不记得我的大黄后来怎么样了,事物常常总是只记得一部分。就像我说过的,早期记忆就像出土文物一样,有些是完整的,有些永远不可能完整。其实结局并不重要,重要的是我记住的部分:为什么记住了这些?那些还存在的残垣断壁,无疑是该存在的,有其理由,似乎永远也不会消失。

探照灯

康德一生有两个习惯，一是散步，一是仰望天空。海涅说，除了思想康德几乎没有生平。的确，康德没结过婚，也没离开过家乡，一生就是在大学教书。但就是这样一个看似没有故事的人，叔本华认为任何一个人在哲学上如果还未了解他，就只不过还是一个孩子。康德仿佛是上天派来让他或让人们通过他仰望天空的。“头顶上的星空，心中的道德律，是这世上最值得仰望的两样东西。”康德的墓碑上刻着他自拟的墓志铭。

仰望星空，当我还是一个孩子时就是我的习惯。当然和康德不同，甚至相反，我看星空是看探照灯，和星星无关，但无论如何天空是一个天空，仰望也是同样的仰望。那些年一到秋天，快“十一”了，我就会站在院子里的小凳子上，或是到房上，骑着两端飞起的屋脊看天空。并非我有多么特立独行，与我站在一起的还有许多孩子，我们高低错落，都在仰望，而且非常正式。我们不是看“星空”，也不知“道德”是怎么回事，事实上对星星完全无知，也没什么兴趣，只待天空出现巨大光柱。

2013.08.13

北京老胡同

逆光的北京。城市，看不见，也说不清，在模糊的光影中，仿佛透露着神秘和不可预知。

——陈惜惜

我们等待探照灯的出现。探照灯是我们仰望夜空的原因，本来想习惯地用“星空”这个词，但脑海里显现的没有星星，只有地上的光源与天上不断变幻交叉的光柱。星星在那样的晚上要么消失要么被照亮。那时每年九月一进中下旬，根据既往的经验我们便开始仰望，期待第一道灯光出现。尽管满天繁星，但我们毫无天文知识，我们不知道猎户星、天狼星、射手星，甚至牛郎织女星，只知道抽象的星星。1966年、1968年、1969年，甚至1972年星星都是反动的，“封资修”，因此我们对星星视而不见。星星越看越多，越看越密，看得好烦，连月亮也看烦了。无论如何，我们还知道一点嫦娥、一点吴刚，有些东西还是无法打倒的，否则我们真是外星人了。尽管烦不胜烦，我们知道探照灯快出现了，也许就在今晚！最后甚至有的不在院里等了，干脆跑到了胡同宽敞的地方去看。结果，一天晚上，既在意料之中又在意料之外，突然就有人惊喜地大喊：探照灯出来了！

喊这话的孩子要么站在房上，要么站在凳子上，总之他站得高，看得也远，第一道探照光往往又远又弱，自然他看到了，他是那样的得意。于是我们也纷纷登上凳子，高高低低的凳子，错错落落，我们都仰着头，都好像是康德。如果能在脑海里拍照片，我想一定是永恒的艺术品。的确，我们也看到了，探照灯在远处虽然那么微弱，那么轻描淡写，但最初它虚幻得还是让我们激动万分。开始是一两根，后又有新的加入。因为距离太远，因为微弱、变幻不定，一会儿我们的眼睛看累了，而且也站累了，以至于最开始无比激动的心情也慢慢像天边活动的光柱一样，平淡、虚幻。

那时不知道探照灯一开始为什么那么弱，后来才知道探照灯以天安门为中心开始亮，然后渐次展开、增多，直到放礼花之前全部亮。我所住的

2014.01.17

北京国子监

在街拍里，没有“好人” 或“坏人”。“流氓”和 “英雄”其实是同一个现象的两面，镜头最迷恋的往往是那亦正亦邪的“anti hero”。

——陈惜惜

前青厂胡同虽然离天安门不算远，但若是看探照灯还是远了点儿，要是家在天安门附近，比如和平门、前门，骤亮的七八根探照灯一起打在头顶上才叫震撼人心呢，每年那里的孩子的感受肯定与我们不一样。不过事情都有两面，他们大概体会不到那种最初的远、微弱、神秘、幻化，这种经验比突然的强烈照耀或许更重要、更持久。因为它深远、持久，具有想象空间，作为一个后来的小说爱好者，我内心的神秘感之所以经久不衰，我想与童年对微弱探照灯长久的注视不无关系。

我喜欢有变化的天空，不喜欢千篇一律的天空，探照灯虽然是政治性的，但也同时类似童话版康德的天空，因为我看到了伟大黑暗渺茫的星空被另一种力量分割、照亮、变幻，看到还有比星星、月亮、太阳还亮的事物。它是人的力量、节日的力量，深刻满足了我的童心，以致从小我就相信某些不可能的事物，相信就像后来人们说的：一切皆有可能。由此我也可以断定，一个有神秘感的人一定是一个好奇心强的人，而一个没有神秘感的人一定是一个缺乏好奇心的人。

随着“十一”国庆节越来越近，探照灯光柱的数量也越来越多，越来越近，因此一些光柱也越来越亮，明与暗，粗与细，同时晃来晃去。我数过探照灯到底有多少根，一共 28 根，和欢迎外宾的 28 响礼炮数目一样。

毫无疑问，在众多变幻的光柱中，我最喜欢的当是离我们院最近因而也最粗最亮的光柱，在我看来它就像孙悟空的金箍棒，它打败了其他所有的光柱。我们都知道这道最粗的光柱发源地在哪儿，在四十三中。四十三中在东南园胡同，与我所在的琉璃厂小学门对门，当然，对的是四十三中后门，它还有个前门，在后孙公园。我们院的人都是先读琉璃厂小学，接着便是四十三中，我的哥哥姐姐就是这样。

四十三中是个老校，建于1947年，前身为北京惜阴中学，创办人王耀庭为惜阴中学第一任校长，由当时的社会名流和军政要员、医学科学专家等组成了校董事会，确立了“救济失学青年，普及中等教育”的宗旨。1949年1月31日北平解放，人民政府接管了惜阴中学，成立了新一届董事会，推举张长序为第二任惜阴中学校长。1952年9月23日，北京市政府将惜阴中学收编为国有市立中学，并颁名为“北京市第四十三中学”，当时的彭真市长亲自任命张长序为北京市第四十三中学校长，张世龄为教导主任，1956年杨开英（网上说是杨开慧堂妹）为教导主任。网上查不到王耀庭的任何信息，张长序与张世龄也查不到。历史有时就是这样，像记忆一样不可考，尽管如此，时间还是透露出一些想象空间。这样也好，有些事不一定非要弄清楚，就像星空更多是未知也不错。

四十三中非常平民化，但作为公共设施却是我们那一带最大最阔绰的公共空间，探照灯设置在这里也就成为必然。尽管当时在我们院四十三中的学生中流行着这样一句顺口溜儿“四十三中三座楼，破砖破瓦破墙头”，但比起我所在的琉璃厂小学的低矮空间，在我看来四十三中那三座青灰色的带木质走廊的教学楼已经很气派，堪称我们那一带低矮房屋中的贵族。特别是四十三中的操场特别大——也可能没那么大，只是在一个孩子眼里显着大——学校对着我们小学的那一侧是长长的围墙，整条胡同的北面都被它占据着，可见操场有多大。

平时四十三中随便进，倒是放探照灯期间禁止出入，当然这拦不住我们巨大的好奇心。既然是破墙就有地儿翻进去，但翻墙也并不容易，墙头布有铁丝网、碎玻璃，但就像有人扫过雷一样总有一些通道。因此翻墙者络绎不绝，而一旦翻入，可谓苦尽甜来，操场中央，那每天只能在天上看到的巨大光柱这会儿源头就在眼前，怎不让人激动，让人铤而走险！每次我都急匆匆穿过里三层外三层的围观人群，来到最前边，一睹巨大神奇的光源。

探照灯由军人控制，越发增加了其神秘性。它一般由两部分组成，首先是直径两米多的圆状的巨大的灯罩，其次是一部汽车发电机，两部分之间还有一段距离，由电缆连接，差不多有一个班的战士控制，简直就像控制一架高炮。发电机的声音轰轰隆隆，非常大，也像战地一样。探照灯打在深空的强大光柱，也的确配得上那强大得让人想到空袭警报或者战争的声音。

探照灯与一年一度国庆节前的防空有关，据说就是要照照天上是否有敌机，怕敌人趁夜晚偷袭。我不知道 1969 年珍宝岛事件以前的“十一”前是否放探照灯，反正探照灯事实上烘托的不是节日气氛，而是紧张氛围。然而紧张气氛事实上又是最好的节日气氛，没有这种紧张，节日还有意思吗？而且再没有比紧张更能刺激想象力的了，简直就是狂想——我记得每次我都顺着巨大而又转动的光柱使劲往天上看，试图发现苏联敌机出现的可能，我想这么亮的光我再看不到敌机简直说不过去。当时也没想想探照灯真的能防飞机吗？等飞机都飞到北京上空了，探照灯照见还来得及应对吗？探照灯是保卫天安门毛主席的，为什么非等到敌机进了天安门上空呢？

那时也疑惑过，担心过，不明白过，可也从未找大人问过，因为既然探照灯那么巨大地存在着就用不着怀疑。当然，这只是一个孩子道听途说的民间话语，至于探照灯是否真的为防空，到现在我也没搞清。

我想我也不必搞清，即使不是，也构成不了否定。

我又何必搞清？

1969年的冰雹

1969 年北京下了场冰雹，有许多年我认为是 1968 年，或 1971 年，或 1970 年。最近查了一下才惊讶发现确切时间是 1969 年 8 月 29 日晚 6 点 11 分，如果没有网络，很难找到确切的时间。时间一旦确切，生命也开始确切，只是我怎么也记不清 1969 年 8 月 29 日傍晚 6 点，我是奔跑在街上，还是守在窗前？两种确定的记忆好像是并置的：既在街上奔跑，又守着窗。

那个早已消失的黄昏，非常热，虽已是秋天可仍热得出奇，西边的云几乎突然就上来，黑白分明，两种色度上下扯动，互相追跑，都是大手笔。不仅黑云吓人，白云也吓人，两者相互映照，整个胡同都恍恍惚惚。看上去所有人都恍恍惚惚。人像动物一样有对自然的本能，穿过记忆我看到自己像两种云一样分裂地奔跑，恐惧，又快乐，混乱的云激起了我身体的混乱，不光是我自己在乱跑，还有周围的许多孩子。没有大人跑，孩子眼中只有孩子。一帮孩子被云刮着，欢呼，兴奋，疯跑，来来回回地跑，这点也像是云。就是那天我感到了自己与天空有一种关系。

关于那天后来的景象是：我们守着窗——不是我一个人，是一帮孩子堵在我们家门口，你挤我，我挤你。雹子下来时，一会儿你冲出去，一会儿我冲出去，大家捡雹子。我家没人，平时有什么事儿院里的孩子都跑到我们家分享，像一个公共场所。有时我想控制一下都不行，更多时候我求之不得。小时候北京经常下雹子，不过一般都黄豆大小，最大也不过卫生球大。雹子一点儿也不可怕，大家捡回来往往互相比，看谁的大。门口冲出去的大都是男孩，女孩一般就是看、品，对小的不屑一顾，对大的发出尖叫。被轻视的孩子憋足了一口气，眼睁得大大的，身体像猫一样弓着，随时把自己弹射出去。有时几个孩子不约而同弹出去，发生争抢。

孩子与动物，有时是十分接近的，特别是在古色古香小院下雨的时候。哪怕后来建了防空洞，院当中豁开一条大口子，小院格局完全被破坏，但雨幕让所有事物成为整体，所有孩子成为完整的定格。也有女孩去捡，一般是院里的

2014.04.01
北京老胡同

每天经过胡同里这道门，都想象跨过门槛，就能穿越时空，超越生死。我的目光也总是被不对称的、有缺陷的事物所吸引，仿佛因为不完美而显得更为真实。

——陈惜惜

疯丫头了，哪些个院好像都有这样的疯丫头，有的疯丫头比男孩子还猛，而且多数男孩子很多时候还被疯丫头欺负。据说现在女生欺负男生特盛，其实历来就存在女生欺负男生现象，当然是在小学，我就常挨女生欺负。不知为何小学女生有性别优势，男生好像个个特傻，缺心眼似的。当然，到了中学完全不同，男生成群结队，有时像动物迁徙似的。

（不知道现在的中学是不是这样。）

下雹子是一大乐趣，如果一场雨没有伴着雹子，我们这些守着门口的孩子会很失望。后来我们甚至都有了一定的直觉的经验，知道什么样的雨会下雹子。但 1969 年 8 月 29 日下午 6 点那场雹子我们完全不知道，主要是风太大，云太邪，天抖得吓人。雨好像还没下雹子就下来了，一下就像卫生球那么大！开始几秒钟我们还傻乐呢？将身体弹射出去，不用抢，雹子遍地乱蹦，落在脑袋上也不知道害怕，但玻璃的第一声碎响把我们吓住了，接着就是第二声、第三声，“叮！”“当！”“噗！”“哗！”

是大雹子，有的像小鸡蛋那么大！不是单个乱蹦，而是倾盆而下，乱飞乱撞。已不是下雹子而是往下倒雹子，玻璃碎的基本是东房，我们家正好在西房，我们在门口看得一清二楚。始终没有雨，就是雹子，东房的玻璃全碎了。东房千疮百孔。尽管玻璃上还贴着“备战备荒为人民”的米字条，也都给砸碎了。时间并不长，才十几分钟，院子里一片白，一下进入了冰天雪地的寒冬。还捡雹子吗？院里的雹子已堆了半尺厚。

世界为之一变，像北极一样。

那时没有灾难片，没有末日想象，没有《2012》《阿凡达》，只能看着突如其来的冰雪世界发呆。没有想象力，大自然本身变成了想象力。也没有了毛泽东思想，至少是暂时没有了。就是发呆。

没有精神，既不能合掌，也不能画十字。

雹子渐渐变小，后来完全停了，我们这些仍堵在门口的孩子——被边缘化的人类——像小动物一样试探着来到冰雹世界。再次捡雹子，但已和之前完全不同。认真地不解地端详，好像研究它们究竟是怎么来的。

人类面对自然有时会一下回到早年，回到史前。

真的像经历了一场白色的战争，像核冬天，许多地方像白色的弹孔一样被白色子弹击穿。地上的雹子有半尺厚，水从雹子下面流。我们回屋加了衣服，来到胡同看看外面是否也像院里一样，结果发现更广阔的白色世界，冰河期一样。老北京，胡同，冰河，那是一种怎样的景象？

1969年是这样的：珍宝岛，黑龙江与乌苏里江中心线，备战备荒，提高警惕，保卫祖国，准备打仗，防空洞，防空演习，清理阶级队伍，遣返“地富反坏右”，清理混进党里“政府里”军队里的一切反动派，知青上山下乡，“五七指示”，下放劳动，“我们也有两只手，不在城里吃闲饭”。

城市空寂。国庆二十年大庆在即，空寂的校园并不空寂，如同在天上有人提线一样中学生穿上了义和团的灯笼裤，练队，正步，大幅摆臂，吼“一不怕苦，二不怕死！”“提高警惕，保卫祖国，要准备打仗……”“人不犯我，我不犯人，人若犯我，我必犯人！”

但是在雹子面前也傻了。

这场冰河期般的冰雹把北京冻住了。

没有任何报道，极少的报纸像无事一样出版。也没有统计财产损失、人员伤亡，一切只是小道消息，什么虎坊桥砸死了人，校场口死了人，那儿的雹子比鸡蛋还大。夸张了。没有公共层面，多大的灾难相对个人都是局部的，只有原子意义上的人。

甚至气象局也没记载。现在网络这么发达，但你要搜索那场雹灾，信息自然少得可怜，我用高级搜索，才在一些论坛中偶然搜到一些描述，有一篇叫《70届》的网文描述了天安门的景象：

> 雹子过后，街上的树木全被剃了光头，上午还雄伟壮丽的天安门广场好似散场后的巨大露天电影院，满地狼藉，满世界玻璃碎屑，所有的华灯灯罩破碎殆尽，连同东西长安街上的街灯统统都没了脑袋，只剩下一些金属的灯口部分还在孤守残灯。顾佳生出了一种国破

> 家亡的痛惜，他强烈地感觉到——要出大事了！又突然听到后面传来一阵毫无节制的哭声，边哭边说：完了！二十年大庆吹了，我们再也见不到毛主席了！呜、呜！

从这段文字可以看到当时天安门的景象。一种怎样重大的景象？历史性的景象，全世界都应关注的景象，但是被寂静的历史遮蔽了。

自行车

那年城市干净，孩子显得特别多，到处都是孩子。但孩子再多也构不成一个城市，相反事实上倒让城市显得更加空旷。一系列迁徙的奇观造成了孩子世界的奇观：我们成了城市的主角。无论街上还是学校，上面没有了年龄的阶梯、自然的秩序，没有了压抑，我们一下玩疯了。即使像我这样安静的经常待在房上的孩子，也会骑上自行车，疯上一阵。

那时一个孩子骑自行车不是件容易的事，一来自行车少——我们成为自行车王国还要等几年，要等到安东尼奥尼来华的时候——之前1970年或1971年人们主要还是步行，或坐公共汽车。甚至公共汽车都少。再有就是我们的身高还不能骑车，不到骑车的时候。但是哥哥姐姐们突然都去了农村，留下年龄阶梯的空当，我们当然要骑。那时只有两三个牌子，飞鸽、永久，后来有了凤凰。没有女车，反正我们院没有一辆，非但没有，就算上面提到的几种也没有。飞鸽、永久是解放后生产的，我们院的车还是解放前留下的，已经老掉牙，与各家祖辈传下来的大立柜、八仙桌、太师椅、老座钟差不多。好多年之后我才知道我们院那几辆老掉牙的自

2015.01.27
北京老胡同

迷恋自行车，更准确地说，迷恋自行车这个符号。小时候电视上的北京天安门前都是自行车。虽然中国早就不是自行车王国了，但是我的北京却依然处处都是自行车的影子。

——陈惜惜

行车却都是名牌，飞利浦、凤头什么的。其实我很小就知道飞利浦，但是完全不解，不知飞利浦为何物，觉得比飞鸽、永久差多了，而且听上去怪怪的。后来听侯宝林的相声《夜行记》，里面说的那个“除了铃儿不响，剩下哪儿都响”的车，我觉得就是当时我们骑的飞利浦，没想到后来的八十年代，飞利浦那样有名。

匮乏年代，自行车是神奇之物。事实上有很多年自行车对整个中国都是神奇之物，故宫里的小皇帝对自行车比对钟表着迷多了，皆因它虽是现代的、机械的，与传统不合，但是直通人的天性，也就是说它既是物质的，又是精神的——它带来了人的主动，自由感，不必再借助牲口——仅凭人力就可以飞起来，这是人本身就诉求的神奇。为什么叫自行车？并不是自行呀？但是到了中国它就有了自行的味道，反映了中国人特有的认知。

严格地说座钟也是机械的，但显然过于机械了，机械得与让人无动于衷的木鱼差不多。而且座钟意味着命令、早起、催促，和老奶奶反复叫起床上学去一样的烦。某种意义上说，我们疯自行车就是潜在地在解对座钟的恨，是无视座钟、发泄座钟。每个老奶奶后面都有一个座钟，象征静止、时间，漫长的无可抗拒的时间，一如重复的机器本身。

但自行车不同，它是天性为自主而生的。

我十一岁，个子又小，甚至还没自行车高，但是骑。骑不上也骑，掏着自行车裆骑，俗称掏裆。根本不管有多难看，不管这是否是一种残疾人飞翔的骑法，残就残了，我们“姿势优美，架势难得”。我已记不得我们这些孩子谁先发明了掏裆骑法，有可能是看了马戏团表演受到启发？但那时哪儿有马戏团，只有《红灯记》《沙家浜》《海港》八个样板戏，唯一可看的是《红色娘子军》——女生穿着短裤排练，小胸已经开始发育……

不，不是马戏团，或者我们自身就是马戏团？时代的马戏团？我们无师自通。没错，当我们把一条腿穿过自行车三角区，够到另一边脚蹬子飞快骑起来，我们就是那个时代的马戏团；我们的两只手像猴子一样吊在车把上，就是十足的无师自通马戏团。我们先用那边的脚“口吃”似的滑两下，然后，这边还在地上的脚猛地踩到脚蹬子上，瞬间身体外挂，而车却“飞”起来。是的，我们就是那个时代野生的马戏团。我们的姿势比批斗会上坐“土飞机”的人强不了多少，说实话就算是残疾人也比我们好看一点。然而这都不重要，时代也不重要，重要的是我们凭着自己小小的身体第一次让自己脱离地面“飞”了起来。有了这种飞我们知道再没有什么能拦住我们。

我们不仅一个人飞，还几个人同时骑着自行车飞，一队“身残志坚”的人挂在自行车一边，风驰电掣，如同一个时代的写照：畸形但什么也挡不住生长。然而，这只是后来对往事的一个浓缩的记忆，事实上一队自行车的情况很少，那时自行车太少了，平时摸到一辆已很不容易，只有过年过节才可能发生，所以我得特别感谢儿时的伙伴七斤和秋良。

七斤和秋良是兄弟俩，相差两岁，我骑得最多的就是他们家的车，他们家就有辆老式的飞利浦，“除了铃儿不响，剩下哪儿都响”，据说他们的爹解放前买这辆车时就是旧车，到七十年代初得多少年了？我觉得那甚至是二三十年代的车。他们哥俩有时偷着把车推出来，院里的孩子秘密跟着，自然也要骑，不让骑不行，必须让骑。顶多是他们哥俩骑得多一些，我们骑得少一些，人家吃肉我喝汤，这是童年的规矩。

刚开始还骑不上，一般是先练滑轮能控制车了再掏裆骑。另外一种是掏着“裆”滑轮，比较费劲，但学得快，我就是这样的。但我身边没有哥哥或弟弟，没人给我扶着。摔倒就在所难免，而掏裆骑，摔得还特惨：人挂在一边，摔倒时，整个自行车会把人砸在底下，起来特别困难。其实摔着自己还不怕，最怕摔着车，每次倒下时心里的第一个念头，想保护的不是自己而是车。摔着车，人家就再不让你骑了。我就曾不让骑过很长时间，只能一边站着看，很无助的。

刚学会骑车，是多么渴望一辆车，因此最盼过年。一过年，院里就会有骑自行车的亲戚来拜年，车上挂着点心匣子，差一点的也是一包点心，包装纸上洇着食物油，尽管看得直流口水，但自行车还没停稳，我们的第一件事就是要车钥匙，亲戚有的犹豫，有的痛快，拿去吧！我们最喜欢那种痛快的愿意让孩子高兴的人，我后来也愿做这种痛快的人，真的，对孩子痛快一点吧，孩子会记你一辈子的好儿。过年时差不多每个孩子最后都能摊上一辆车，然后大家在院子门口排好队，一声令下，一起出动，一起掏裆，一起挂在一边，风驰电掣，你追我赶，春节在我们小时觉得就是春天了吧，我们这些孩子完全堪称那个年代的春天，我们浩浩荡荡，整条胡同仿佛有春水，就像电视里赵忠祥后来说的迁徙的动物一样浩荡。只是我们是一群撅着屁股类似残疾的动物。可惜那个年代没有赵忠祥，没有那解说员，也许已有外星人在主持一档节目，但我们不知道。

卫星，温都尔汗

突然，又是突然，“突然”是七十年代的特征。比如“最高指示”的发表，不管多晚多突然，大家都已习惯，于是走上街头。但是那天的“突然”有点不同，天上掉下来的不是最高指示，而是中国发射了第一颗人造地球卫星。“卫星”是什么？这词本身就很突然，在高度政治化的语言中，“卫星”是从未出现过的词儿。“人造地球”也一样，非常科学化，令人费解。当时在我幼小的心灵看来就是中国发射了一颗星星，是人造的星星，只是不解天空已有了那么多星星干吗又造一颗？是不是说明中国本事大？特别是《东方红》的音乐竟然可以在星星上播，真是神奇——难道就是为了向全世界传送《东方红》吗？

《人民日报》夜里12点发了“号外”，像撒“传单”一样在天安门广场撒“号外”。不管多晚也要去天安门，在天安门广场一个人就像一滴水一样容易消失，但正是我这滴“水”，现在仍清楚地记得那个晚上有人站在天安门前一辆慢行的卡车上撒“号外”，广场没照明，人群如黑色的海洋翻动，而目光则像潮起潮落的星光。撒“号外”的人是最骄傲的人，天女散花，

2014.10.26

北京老胡同　自拍

我的理想国，就是那个我能坦然做外国人的异乡。

——陈惜惜

所有人都向他伸着手臂。我个子太小了，不要说抢到“号外”，就是接近金水桥的“撒点”也不可能。但一样的幸福、激动、神秘，一滴水无论多小，只要是在大海上，就会有自己的激动。

我看到了别人手里的红色“号外”，那是我平生第一次认真看报。红色的大标题，红色的小字，右上角的毛主席语录，比传单气派多了，我不敢设想自己能拥有这样一张，但是见到了就是幸福。我相信，没有多少像我这么小的十一二岁孩子来天安门的，就连我们院同龄的孩子也再没一个。我虽孤独，但有时很冲动，家里又没人管，是个三面体。我跟着院里一些70届、71届大孩一块来到天安门，一到广场便消失在人群中。虽然都是陌生人，但我却没有任何恐惧，共同的广场，共同的激动，使所有人成为一个人。人一到广场就会觉得自己伟大，觉得自己就是广场，广场就是自己。或许这便是我的广场情结之源，相信也是很多人的情结之源，某种意义上我们是广场培养出来的。

哪儿有“号外”人就往哪儿冲，朝哪儿涌，我被推来推去，最后总是波动地被推到边缘。我跳起来，高了一些，但所有人也都跳起来，我一下又沉在了海底。但没人踩踏我，不知道为什么，那时广场那么大规模人群，那么冲动，却没有踩踏事件，人与人就像海浪与海浪是一种整体的运动，涛声如一，仿佛整个人类的图腾。的确，这次与以往不同，广场第一次超越了“革命/政治”红色话语，为一种神奇的高科技如非洲人一般狂欢。第一次这种狂欢指向了虚无的空间，星星，人之外的世界。尽管这颗卫星的政治色彩依然浓厚，为了保证向宇宙播送《东方红》乐音质量，对卫星的许多科学探索做了简化，将一颗科技卫星几乎变成音乐卫星，尽管如此，卫星本身已足够科技、足够新奇，而且重要的是看（不是听），是在无限的星星之间看一个小小的移动亮点。事实也是如此，就是从那天晚上开始，我第一次觉得天空与自己有了关系，此后无数次蹬着小板凳，或在宽敞地方，甚至站在房上观看天空。看到了许多移动的星星，未必是中国的，也可能是苏联的、美国的、欧洲的，但也说不准哪颗就是中国的。因为说不准，哪颗都可能是，等于从小我就面对了不确定性，测不准，虽然小时为此有些难过，但长大后颇为此受益，如同受益于“测不准定律”，受益于一种无形的思维方式。

九一三事件的突然完全不亚于卫星，表征着惊讶，不可想象，经验之外。温都尔汗像一个外星上的地方，火星登陆，地球没有的地方，那可是副统帅、接班人，早请示晚汇报同样天天祝愿的人，忽然成了叛国者、武装起义的人，要谋杀主席……这么大的事，却没有人为此上街，上天安门广场，长街空空荡荡。好长时间也没有最高指示发表，虽然一直没传达文件。但慢慢地都知道出了大事儿，不可想象的事儿。1971 年，那个已经过去快五十年的秋天，至今回忆起来都非常特殊。我十二岁但好像突然停止了成长，一切都好像被冻住。一个孩子事实上不可能真正关心国家大事，包括最高指示发表的游行也不过是一种提线仪式，从不真正过心。但是那个秋天直到冬天，我感到了时间的停顿，似乎自己不再是一个孩子，所有人也不再是以前的人。

那段时间有点像二战电影德国入侵苏联的场景，人们的脚步停下，倾听广播，表情庄重。的确，或许只有战争爆发可与之相比。因此无论从什么角度将林彪事件称为时代的分水岭都不为过，随着林彪出逃，人们心中的某些东西也随之一空。时代已死，虽然秒针还在动，但时针戛然而止，永远停了。

特别清楚地记得传达中央文件的情景，尽管七十年代阳光一直不错，尽管胡同、公路、树木、墙一切都在反光，空气也异常新鲜、干净，但一切或许太干净了，以至有点不真实，像走在幻觉里，因为就连清晰的公共汽车驶过都没有声音，至少是充耳不闻。我所在的小学，全体师生尽管走在惯常的游行路线上，尽管仪轨与往日也差不多，先是全体集合，讲话，强调纪律，然后按列走出操场，出了校门，穿过小胡同来到大街上。但我清楚地记得那天不是游行，没有锣鼓、红旗、口号，只是默默行进，像街上所有反光而无声的事物一样。目的地不远，是北京第一实验小学，就坐落在南新华街师大附中旁边。小学从没传达过中央文件，中央文件一般只传达到县团级，但这次不同，要传达到全体人民。那时就是这样：宁可传达到小学生，报纸广播也先不披露，等所有人都传达到了才广播报道。

一个小学不够级别传达，所以若干所小学集中一起，除了我们学校，还有后孙公园小学、梁家园小学，加上实验小学，四个学校一起传达。四个学校，长长的队列缓缓走进有拱形铁栅栏大门的实验小学。从前院进入，到了有月亮门的后院，上了高高的台阶，走进一座古色古香的礼堂。礼堂很高，呈拱形，木质与铁艺结构，绿色与棕色调为主。如果不是传达中央文件，不要说见过，连听也没听说过如此阔绰优雅富含历史内容的学校，这种意外的环境增加了传达中央文件的庄严凝重，就如八宝山革命公墓告别室那种精致与美感构成的凝重。

的确，这是一次反常的集会，没有批判，没有声讨，更没有庆祝。没有口号。也不再先读一段毛主席语录，诸如伟大领袖毛主席教导我们……一切全免，礼堂慢慢整齐地填满了人，各校师生均席地而坐，坐成了长长的四个矩阵。没有标语横幅，主席台上只一张桌子，桌子后面站着一个穿深色衣服的人，传达文件。没有任何解释说明，上来就缓慢开念：

中共中央文件：各大军区，各省军区，各军兵种……

还有“各省、市、自治区”，但印象最深的是上述。后来传达文件印象最深也是这几句开头，和那时的军事化有关。

之前知道林彪出事了，但不知道林彪还要武装起义，还要杀害毛主席，还有什么“小舰队”，驾新旧“三叉戟”飞往温都尔汗……

传达完，没有任何说明，各校返回。

返回的队伍也像葬礼的队伍，时代的葬礼，甚至没再注意实验小学悠久的设施、阔绰的建筑，空间就像在电影里一样，人们走在一种飘忽里，脚下踩着棉花,以至整个时代都飘浮起来。回到学校,学校领导也没说什么，到了教室，老师也没说什么，只总结了几句纪律，没具体表扬谁。

一种巨大的失语。一种休止。虽然不久“批林批孔”轰轰烈烈，但休止与停顿已是一道鸿沟，根本无法抹平。时代的分水岭的感觉十分清晰，有什么东西从岭上分流，不以人的意志为转移。

时代已死。尽管一切好像并没结束，但一切也都像在舞台上了。

这点连孩子也能感觉到。

现实与话语成为明显两张皮。

防空洞

以前北京没有大杂院概念，反正我不记得有。那时就算院子再大也有章法，几十户上百户的院，院套院，有独立单元，有考究或不考究的过道夹道连通，各院都有自己的门。就算没有门也有个门框，往往花草海棠掩映，看上去虽不规则但也不乱。而且上百户的大院并不多，多是三五户七八户十来户的院子。一般有着严实的院门，有门洞、影壁，讲究一些的院子还有前廊。房顶上通常有两头翘起的屋脊，非常漂亮，鸽子落在屋脊上简直像另一种居民。它们属于天上，又属于屋顶，和人很近，实际就是人养的。屋脊下面是一行一行青灰色的屋瓦，青草不必说了，就是冬天荒草也好看。猫在瓦棱间或衔草或捯草或心态很好地在草里看鸽子飞，都是好景象。

不，那时院一点也不杂。而且院子通常都是青砖墁地，有简单构图，或几何图形或圆或阴阳鱼，到了墙根一般由小块青砖铺就。由于日久年深，历经明、清、民国，大的方砖多有裂缝、缺角、凹凸，这是拜时间所赐，也不杂，看上去依然古奥整饬。各家也没任意搭建小厨房。只是在门边拢一小圈，刚好放下炉火，谁也没想要盖间房。除了冬天，一年三季家家做饭炒菜都露在院子里，叮叮当当，乒乒乓乓，有一种亘古不变的生气，不像寺庙，或大户人家的院子，无论看上去还是听上去都空寂，缺少生活画面感。如果作油画，像炉子、铝壶、拔火罐、煤球、小孩车、绛红色的自行车内胎与黑色外胎都是少不了的，是小院画卷的魂系所在。

事实上直到1969年以前，尽管经历过了打砸但元气没伤，院子的筋骨都在，格局也在，原则还在。那时多是门墩毁了容，狮子没了鼻子眼睛，对子换成了“四海翻腾云水怒，五洲震荡风雷激”，再不就是影壁拆了，鱼缸砸了，砖雕花毁了，但都还无碍大局。可后来就不同了，东北的乌苏里江、黑龙江主航道上的一个小岛，让整个国家变得紧张、脆弱、神经质，电台里充斥着闪电战、突然袭击、原子弹的内容，北京的胡同院子一下好像进入了战时状态。防空演习，对空射击，一声令下，家家窗户上贴上了米字条，据说是防止原子弹爆炸震碎玻璃。飞机扔下的炸弹还好说，原子弹来了也管用？不是说冲击波一冲就什么都毁了？但是贴，让贴就贴，毛主席说贴就贴，毛主席是谁呀，一想到毛主席所有疑问都自行中止。不仅窗户贴米字条，有人把家里的大衣柜镜子墙上的镜子也贴上了，一个人站在镜子前好像有许多个人，倒是像那时代人们的形象，包括大脑深处的形象。

街上的广播车有时甚至钻进小胡同，高音喇叭反复播放夏青先生那庄严、浑厚、铿锵有力的声音：“备战，备荒，为人民”“提高警惕，保卫祖国，要准备打仗”“深挖洞，广积粮，不称霸”。血就往上涌，小院不怕战争，甚至期待战争，随时准备上前线。那时别的都理解，什么备战呀、备荒呀，

“不称霸”有点不太理解，干吗不称霸呢？但毛主席说不称霸就不称霸，后来还有什么“缓称王”，有什么韬略吧，好像，反正没错。

有一天，突然听说21号在挖防空洞，就跑去看，到那儿一看21号不大的院子已经围得人山人海、水泄不通。我记得已是晚上，院子上空已拉出了灯，院当中豁开了一个大口子，男人们裸露着上身挑灯夜战，热火朝天，那肌肉真让人信心满满，相信刀枪不入（只要有这种肌肉，中国什么时候搞义和团都没问题，而且真的能抵挡一阵子）。当一锹一锹新鲜的黄土翻上来，当灯光照得黄土辉煌鲜亮，一种血液里的激动也是真实的、古老的。如果再挖出点什么，比如骨头、陶、剑、箭头，那就更让人激动，仿佛真的回到古代。

也不是没有理性，上面也有一些理性规定，比如多大的院才能挖洞，院太小了就不能挖。我们院就太小了，宽长都不过二十米，不适合挖洞，也从没被列入挖洞规划。那时也有规划，比如规划在哪儿挖洞，洞与洞如何相连，要是死洞不能相连就没有意义，不能转移有什么意义？这是明摆着的，可是小徒子不管这套，小徒子一定是在大衣柜前站久，有一天便突然撬开了他家屋门口的青砖，打响了我们院挖防空洞的第一枪。小徒子说大不大说小不小，十五六岁，正是某种季节。开始谁也没太在意，觉得是瞎闹，挖半天也不过是像耗子盗洞一样。谁也没想到十五六岁的小徒子挖着挖着就还真的挖开了，慢慢地五六块方砖被他撬开，竟然盗了一个洞，洞土在旁边都堆成了一座小山。院里大大小小的孩子都围过来看，又兴奋又紧张地看着小徒子挖，有的开始帮着挖，运土，钻到里面，其中就有我。

大人觉得事儿要闹大开始干预、制止小徒子。干预最厉害的是那时院里一个有点儿地位的人，叫张占楼。我们院多是河间人，张占楼不是河间人是衡水人，这就和院里人隔了一层，另外张占楼是五级木匠，脸白，有

2015.01.24

北京前青厂胡同周家大院　宁肯老家

希望，埋在废墟深处，看不见天也看不见地，有些孤单。

——陈惜惜

点文化，手上又有力道，这两点让张占楼对小徒子的行为非常不客气，几乎和小徒子动起手来。但那个年代一方面盛行革命文化，另一方面盛行流氓文化，两种文化在当时并行不悖，事实上相得益彰，小徒子不仅在我们院我们胡同就是在我们整个那一片打架都有名，传说有人命，主要是手特黑，深通民间宝典“横的怕愣的愣的怕不要命的”“一旋儿横两旋儿拧三旋儿打架不要命”（堪称流氓文化精髓，与义和团精神相通）。五级木匠虽臂肌发达，有成套的锐器，像刀、斧、凿、锯，但都是对付木头的，从没对准人。小徒子对准人，一手板儿砖，一手锸子，一种三棱刮刀。张占楼既不是革命文化，也不是流氓文化，是鲁班文化，面对眼前的锸子，不说话了。

小徒子率领我们这些群氓，把洞挖到一人多深时，开始横向盗洞，这是一种实质性的变化，就是说可以藏人了，我们真是激动得不得了。待掏到差不多已可以装下两三个人，感觉就像电影《地道战》。小徒子点上小小蜡烛，灯火越小我们越觉得安全。要是小徒子拿本书，就像高传宝，我们真的希望他是高传宝，喊“各小组注意”，但小徒子非但从不拿书，还说这洞只是他为自己挖的，别人管不着，“苏修”打进来他可以藏到里面，原子弹来了也不怕。小徒子的话让我们听了极其恐惧，我们都不同意就挖这么深，只装他一个人，希望继续挖。小徒子其实就想让我们恳求他，这样他的流氓性才能得到满足。他也就说说而已，当然还要继续挖。

洞子越挖越深，越掏越远，已可以藏下四五个孩子，点着蜡或土制小手电——就是用两节电池连上一个小灯泡那种，大家挤在一起，盼着原子弹扔下来。塌方的危险会随时发生，大人们怕埋了孩子，没办法，只好报请街道革委会，申请挖防空洞。当然，也的确有恐惧原子弹的原因。上面对我们院这种自发的革命行为给予了鼓励，还派来了技术人员，于是我们院像 21 号那样在一个晚上挑灯夜战，大干起来。男女老少，全民皆兵，一块块数百年的青灰方砖启开，下面的小虫子乱跑，很快院子开了膛，也就两三天工夫院子正中豁开了一个大口子，一道长方形的深坑。不多的几户人家每家的门前都堆上了三合土，即白灰、沙子、黄土，号称三合土。洞顶用了传统工艺发镟法，就是先扣上拱形木镟，然后在木镟上覆上三合土、砖，砌好后把木镟拿掉。这事儿我记得是多么清楚，主要觉得太神奇了。圆圆的洞顶，据说上面越压下面越结实，什么炸弹也炸不透。

一声不吭的张占楼一开始就没参与，到最后一直也没参与，本来木镟应该是他做，但是他拒绝。他有点特殊文化，就是木匠文化，我们谁也没意识到防空洞破坏了什么，他看到了。为了砌砖，院子里的老影壁墙拆了，过梁拆了，两头翘起欲飞的房脊拆掉了，拆出的砖都投入到了地下。那阵子我们拆得倒真是快乐，快乐得如毁坏自己的玩具。必须承认毁坏是人类的一种天性，文明的功用之一便是抑制这种天性，但我们有时好像正相反，总是伸张毁坏的天性。此外，以张占楼对墓葬的理解（他是我们院那时唯一去过定陵的人，他讲起来我们难以置信），挖这样一个宽不过两米长不过十几米的死胡同，一颗炸弹下来，无异于全院人的坟墓。许多年后回忆张占楼那阴沉发白的脸，我觉得即使那时他没想到坟墓，他的脸上也写着。

防空洞落成，如同陵墓落成一样令人欢欣，按理应把拆下的方砖原样铺上，恢复小院地面原状，但一来是全部方砖已进入地下成为防空洞的镟顶的一部分，二来是两头有高出地面的洞口，不可能再完全铺上，即使铺上，两洞口挨得太近也没什么意义。这样一来，小院中间就是一条抹不去的伤痕，与边上没拆掉的百年老砖比越发触目惊心，小院怪异并面目全非，规整事实上隐含着不言而喻的规矩，打破规矩意味着制约人的秩序不再存在，于是家家开始挤占空间，建小厨房，圈地，储物，似乎反正院子毁了那就进一步地毁吧。有人不但占了公共空间还挤占了邻居的空间，邻里积怨、争吵，大打出手。相互怨恨、厌恶，满脸戾气，院子里除了生存、活着，就是争斗——如同争食，一切根基性的心灵秩序都消失了，正如那些百年老砖之消失。北京胡同与院子的破败、杂乱应该就是从挖防空洞开始的，以致后来无论大院小院都贫民窟化，大杂院概念开始流行，仿佛天经地义，自然而然。当然不仅是防空洞原因，但防空洞是导火索，到后来我们院连两辆自行车对面都过不去，1969 年之前小院古色如画的样子已无从回忆。

的确，大杂院不宜居，非人，低矮混乱中人的心态阴沉、破碎、易怒，有许多精神乱码，看上去该拆。特别是越来越多的现代化高楼小区兴起，让仍生活在破碎大杂院里的人难以抬头。现在，或从进入新世纪以来，问题已比较彻底地解决，就是破字当头，拆，加速地拆，摧枯拉朽地拆，政府、开发商、杂院居民形成了历史共同体，用的是永恒的办法：推土机。很显然在开发商看来，推土机是蒸汽机发明以来最伟大的发明，推土机毫无疑问是现代图腾，人对推土机的崇拜绝对超过人类早年对鸟或龙的崇拜。推土机直接把胡同推了，院子推了，枣树、梨树、柿子树推了。

连片的胡同院子变成连片的高楼、小区、家乐福、CBD、银行、加油站、证券交易大厅、肯德基、麦当劳。是，生存问题解决了，生活也方便了，但北京消失了。

这就是代价吗？必须付出的代价？

如今的北京，是一个全然陌生的没有记忆的北京，如同一个脱胎换骨的人，甚至也换了脑子，像一个强健而没有记忆的超人。但事实上人除了生存还有许多别的，有时还想回头看看自己，没有了老北京你怎么能看到你的过去。一切消失得真快，倏忽间就没了。老北京往往甚至就埋在自己的脚下，等于把自己的童年、青年记忆都埋了。说到底，人是不愿自己比自己的城市老的。北京这么年轻，自己这么老，是一种怎样的时光？

穿过七十年代的城

一、演习

那时午后北京的街上十分寂静，没什么行人，某个角度看上去好像就我们几个小孩走着。插队的插队，下干校的下干校，清理阶级队伍，“地富反坏右”，都走了，街道干净，阳光几乎主宰了一切，我们走在街上几乎像幻觉。我们去永定门捞小鱼，可能的话还要到二道河逮蛐蛐。

从我们所住的前青厂胡同到永定门外是一段遥远的路程，不过我们已走惯了，这对我们没什么。那时没有坐公共汽车的概念，就是走着，到哪儿都是走。我们前青厂胡同往东走就是琉璃厂，连接处是个有点繁华的小十字路口，由琉璃厂、前青厂、南柳巷、北柳巷构成，后来才知道《城南旧事》电影拍的就是我们这一带，当年林海音住在南柳巷，现在那儿还有她的故居。小时候许多掌故都不知道，就那么懵懵懂懂长着。

我们过了十字路口，穿过黑白影片一样的琉璃厂就到了南新华街。这儿是一个更大的十字路口，再往东可以走到大栅栏、前门，往左便是天安门。

我们不过马路，而是拐弯向南，走上一站多地便到了虎坊桥。虽然只一站多地，但两边分布着北京密度最大的小胡同，有的胡同堪称迷宫，绕来绕去很容易迷路。但我们从来没迷过路，就像你不能想象鹿、兔子之类会在森林迷路，就算偶然进入一个几百户人家的大杂院也不会。这种大杂院院中院，院套院，院中有胡同，胡同中有院，甚至还有一段小河，一个亭子，许多大树，走起来简直如入梦境，但总会走出迷境，最终出了大院或许会来到一处大街上。我们像若干小动物钻出，往南走向虎坊路、陶然亭、游泳池、永定门、护城河……这段路很长，对走路的孩子而言是一段单调且又酷热的路。这段路没有胡同，都是楼房，有公共建筑，也有简易住宅楼，楼虽不高但在那个年代已迥异于低平的胡同，感觉既新鲜，又单调，又异己。所以走起来特别累，不像胡同千变万化，又熟稔于胸，走起来不累。

虎坊桥到虎坊路不过一站地，陌生的高大建筑依次就有北京工人俱乐部、科技展览馆，然后是一长溜儿浅黄住宅楼，《诗刊》就在这片楼里。八十年代初我曾怀着朝圣的心情去《诗刊》投稿，编辑部一屋子人都吸烟，烟气腾腾，几乎看不清具体的人，我放下稿子就走了，可以说所有人都接待了我，也可以说没任何人接待我，说了不超过两句话。《诗刊》对面是前门饭店、光明日报社。光明日报社是一座黄色大楼，正方形，有十层高，非常雄伟，是当时整个北京不多的几座高楼之一，周边也是那时不算多的居民楼，同样是浅黄色，不是后来的简易楼，不知什么人住那里。紧邻光明日报社大楼的是友谊医院，当时叫反修医院，也是一片苏式楼群。那时若有灾病，除了去琉璃厂的椿树小医院就是去友谊医院，在友谊医院的长廊与高旷的就诊大厅，总有一种到了另外一个国家的感觉。从虎坊桥到虎坊路，短短一站地，集中了如此多的公共建筑以及单元楼，在整个北京也不多见，使南城在那时的北京并不显落后，甚至倒有一种先进、一种贵气。这里离天桥不远，多是五十年代的建筑，应是对天桥的超越。时至今日这里格局变化也还不算太大，也堪称另一个老北京了，楼房的老北京。偶尔到这儿，充满回忆。

对孩子而言其实当时最显眼的还不是光明日报社大楼本身，而是大楼顶部的怪异的防空警报器。步行的我们，远远就能看到那闪光的在楼群之上最高楼上的警报器，如果不是那几乎在云端上的警报器，我对光明日报社大楼的印象也不会那么持久地尖锐、恐怖，警报器在珍宝岛之争后总是提示着轰炸，突然袭击，漫天飞过的敌机……警报器的样子本身就十分怪异，四个喇叭抱团分别朝四个方向，金属光波闪着环光，别说响，看着都觉得恐怖。

那时建筑物上的警报是分级别的，有的是区域性的，有的是全市的，光明日报社正方形黄色大楼上的警报是最高级别，它一响就说明整个北京甚至中国拉响了防空警报，反正据说整个北京都听得见。的确，一旦拉响，它的声音非常难听、恐怖，让人翻肠倒肚，恨不能把胃吐出来。据说不用机械而是人工手摇，开始慢，然后越摇越快，声儿也越来越长。那时区域性的防空演习比较多，是家常便饭，全市性的演习不多，时间主要在 1969 年后，或再晚些，因为晚些北京的防空洞已挖好。演习主要是有序地进防空洞，扶老携幼听从指挥。我们院很小，但也挖了个洞，只有两个洞口，相隔不过十米，由于和别的洞不连着，反倒觉得特不安全。像延安的窑洞一样，院子里家家玻璃都贴上了米字条，有人连屋里镜子都贴上了，照镜

子跟精神分裂似的。

全市演习一般头天就通知下来，让下午谛听全市防空警报，做好一切准备，只要一听见光明日报社方向防空警报一响就立刻进洞。有的人还要演习卧倒，对空射击，大概是不同于普通百姓的民兵吧。意思是那样，手里并没有枪，或者找个帚代替，局部演习时我们

2015.01.24

北京前青厂胡同周家大院

宁肯北京老家

别处，是悲伤沉睡的国度。此时，是无人探访的荒原。

——陈惜惜

都乐，但全市演习时没乐。下午三点我们院的人都屏息凝神坐家里，有人已弓起了腰，弓了好半天，简直像雕塑。谛听着，谛听着，甚至所有人都像雕塑了，每条街道，每个街区，工厂、商店、学校、幼儿园，全都谛听着。终于，来自虎坊路黄色大楼顶上的警报慢慢地拉响，不知谁发出了第一声叫：响了！响了！真的响了！响了！人们冲出屋子，掀开防空洞盖子，排着队，有人拿着枪（帚）负责指挥，并高喊口号："大家不要慌，有毛主席保护我们，什么也不用怕，我们会打回来的！"警报器的尖叫声太瘆人了，指挥者的声音充满悲怆，一如电影《南征北战》撤退时赵玉敏对百姓说的。没人笑，尽管拿的是帚，但没人笑，主要是警报器的声音太让人难受了，因此大家听到铿锵的声音一时心里暖洋洋的。

战争，战争，那时北京战争的主题是那样鲜明，像家常便饭，做梦都会梦见原子弹、氢弹下来，唐山地震北京也有隆隆响声，开始许多人以为是苏军坦克呢。反复的防空演习演练着，神经异常脆弱，因此从虎坊桥到虎坊路，几乎一直本能地盯着大楼之上的警报器，想不看做不到。午后又是那样静，很怕突然防空警报响了，因此我们走在黄色大楼下都静悄悄，仿佛怕碰了什么一下响起来。直到过了虎坊路、北纬路，到了太平路上的中央歌剧舞剧院，心才放下来。待走到绿莹莹的陶然亭公园，心已像腿一样奔跑起来，公园树上的鸟儿也不过如此。我们忘记了敌机、原子弹……

二、鱼

从前青厂到陶然亭，还有一条小路，就是穿胡同，从一出门往南拐的东椿树走到西草厂，再穿过一系列胡同，像魏染胡同、果子巷、迎新街、南横街、南堂子、儒福里，就到了陶然亭。这条路与琉璃厂、虎坊桥、太平街、中央歌剧舞剧院这条路实际上平行，到了陶然亭自然汇合在一起，像小河与大河的汇合。在这儿继续向南，过游泳池到永定门，过桥，穿铁道，进入乡村，直到二道河。

那时一过护城河就是城外，城外就是乡村，是大片庄稼地，当时北京离乡村田野就是这么近，几个十来岁孩子走着走着就到了农村。为什么叫二道河？护城河在北京算一道河，但一般不这么叫，不过要从这儿论。过了护城河的下一条河就是二道河、三道河，当然还有四道河、五道河，但太远了又不这么论了，而且这些河流已有了自己的名字。虽是远途，除了不坐车，甚至连水都不带，也不带吃的，渴了就到附近的院子、单位或工厂找自来水喝，饿了呢，就是饿着。通常要是捞小鱼到护城河就不走了，要是到二道河逮蛐蛐，还要走一大段乡野之路。

护城河两岸区别很大，对岸就是农田、乡村，这岸就是城市，排污口也主要在这岸，一河之隔的京城泾渭分明。只是捞小鱼我们通常就在这岸，对岸的烟树、庄稼地、农舍无论如何让我们感到陌生，仿佛另一个国家。有些陌生会进入梦，有些永远不会，也不知为什么。我们每人一个捞小鱼的瓶子，仿佛就是因为瓶子我们才在此岸，七斤还有个简单得不能再简单的小渔网，就是弯了细铁丝，缝了一块布；文庆虽然没网但也有块手绢，系上四个角也可捞。我就是一个瓶子，一双手，除此一无所有。家里没大人的孩子总是比别人缺什么，哪怕最普通的东西也往往没有。虽说春天小鱼儿特别多，一群一群的，不过用手抄也像打捞梦一样，总是两手空空。特别羡慕文庆、七斤，但我也只能更加聚精会神，他们用小网、手绢布在水底等鱼群过来然后突然抄起。我则把两手埋伏在水下，鱼群过来，动作不能太快，太快鱼和水一下就都散没了，慢了也不行，水虽在鱼早跑了。这样不断总结，调整，一次次失败，两手空空，不是水没了就是一条鱼也没有。事实上就算让鱼从手上经过已很不容易，要非常静，一动不动，鱼非常贼，常绕道而行，尽管如此极偶尔时我也能抄到一条。七斤抄的是最多的，其次是文庆，我最多一次抄过三条，更多时一条没有。

护城河边，七十年代，芳草萋萋，两岸尚未覆砖，还都是泥土，就这点而言这并非是城市与乡村泾渭分明的一条河，甚至此岸的排污口也统一在泥土上。排污口多是大小不一的洋灰管，也有红砖砌就年代更久的污水口，污水涌流，奇怪的是小鱼还能活，甚至更加活跃，在某种颜色的水中它们就像在云中。常常麻雀就在我们的专注的头顶上掠过，好像就因为我们是小孩，飞得特别低，呼呼一道风过去，简直欺负人。有时我们会看它们一眼，有时看也不看，视它们为无物，有种浑然的隔绝。世界或许就该是这样，人和自然物就应该没关系。水泥岸是愚蠢的，水与水泥是两种事物，但水与土不是，河没有了自然的泥土还叫河吗？就算植了树也像是假河。

七斤会分一些鱼给我，这样我的瓶子也不会空空如也，三个人的瓶子都很有内容。但捞鱼回来的路上并不轻松，主要是会挨劫。当然也是孩子劫孩子，这种事任何时代都会有，就连动物世界也是这样。别小瞧小孩劫小孩，孩子的世界也是小社会，也相当残酷，就感受而言，孩子残酷起来比成人世界还不留余地，还直截了当，所谓的童真世界，某种意义上并不存在。或者即使存在也绝非一面，尚有“童恶”一面。这种恶并非学来，而是与生俱来，劫钱、役使、威胁、恐吓，任何有兴趣的东西甚至没兴趣的东西他们都劫，就算实在没什么可劫的也要欺负你一下。弱肉强食，丛林法则，而且也像动物世界一样再小的动物也不会俯首就擒，会本能地警觉，逃，玩命地跑。因此有时我们远远地本能地就觉得前面有什么不对，并没发现什么，但会立刻停下，观察一下，确定没危险了才会再往前走，同时仍准备着随时奔逃。

有时判断不清，我们会在某个地方等上半天，有时干脆掉头而去，假装走另一条路，好骗过可能存在的危险。但其实没别的路，劫道的人也非常了解这一点，因此有时我们觉得已骗过“掠食者”，结果“掠食者”会突然得意地出现在我们面前。我们拼命地跑，挣脱，被抓住是实在没办法的事，虽然不会被吃掉，但和吃掉也差不太多，反正魂儿是没了。当然，通常逃生总是快于追击，且又是同类生物，因此我们真的被劫还是少，我们或是避开，或是骗过对方，或是飞也似的冲过封锁线。其实人在儿时就得有这样的训练，说得客观一点，童真有，丛林法则更有，这才是童年真实的世界。

三、废品站

过了永定门护城河，对面有一个废品市场，由铁栅栏围着。路在这儿分成了两条，到前面不远又合在一起。透过栅栏可以看见里边成堆成山的废品，锈迹斑斑的大铁锅、水桶、自行车、三轮车，以及电线、破收音机、建材、铁器，什么都有，物质匮乏年代那儿的物质世界之丰富简直让人瞠目结舌，每每路过都感到一个不可思议的世界。我们很少进去过，一来我们的目的地不在这儿，二来也因为兜里没一分钱。没钱的人会对

2015.12.30
北京

城市的记忆无法回收，唯有回收梦想和阳光。

——陈惜惜

许多有兴趣的事物没兴趣，看看就走了，有种匮乏的冷漠，哪怕那儿是天堂或童话世界。一度这里因为卖二极管三极管电阻什么的，还有半导体喇叭等，对我们来说这些东西太神秘了，我们也进来过几回。类似这样的地方我们还去过校场口的车子营，那是城里胡同中的一个最大的废品市场，那时样板戏《杜鹃山》刚上演，学校组织唱，我们经常起哄地改词儿唱:“老五叔,指航程,七姑走向车子营,车子营啊——”原词为“毛委员,指航程,光辉照耀天地明,天地明啊!”老五叔、七姑是电影《青松岭》里的落后人物,经典台词是“我那点榛子?”“卖了”,我们经常学,可见后“文革”时代已经没有什么不能开的玩笑,政治常常在日常生活中成为解构话语。

车子营与我所住的前青厂琉璃厂一样,明代已成巷,而且离得很近,不过几条胡同,走路用不了二十分钟。但车子营属于宣北坊,明嘉靖三十二年加筑北京外城,一共设了“七坊”,其中正西坊、正南坊、宣南坊、宣北坊、白纸坊等都在宣武区内,“宣南”一词也由此而来。至清代车子营多车马店,其时已开始称车子营。车马店,南来北往,交易自然活跃,这里最终诞生一个城内的废品市场也不是没有一点渊源。许多年后回忆,当年我会把城外的永定门市场与城内的车子营市场搞混,这就更有意味:以废品而论,其几乎无限的丰富性使得北京在这一角有了一种超前的自由的诗意。废品站给那时闭塞又同一的北京提供了很多异样的东西,大概因为是“废品”,在这儿买卖东西不算“资本主义”(我们唱“七姑走向车子营”不是没有道理),而事实上许多不是废品的东西,人们也借废品概念拿这儿来卖,这就形成了实际上的自由市场。自由借助了“废品”得以实现,一方面自由是人的根性,无孔不入;另一方面又是多么具有反讽意味:自由成为废品还成其为自由吗?

但不管怎么说,废品站是人们唯一能够享受自由的地方,所以来的人特别多,买卖非常活跃 ,可以把任何东西在这儿卖掉,这意味着在这儿也可以买到任何东西,废品嘛,“我买的是废品”。“废品”,一个绝对的理由。所以那时就连高科技的半导体元器件也可以借助概念卖，可想而知这里还有什么不能卖的。而我们这些孩子，之所以对半导体元器件感兴趣并不是因为科学，而是北京那时流行自攒半导体。老百姓自攒半导体也是管控的结果，因为当时商店卖的半导体只有两三个管，一个二极管两个三极管，或两个二极管一个三极管，收到的台数很少，而且主要是收不到“敌台”。“敌台”那时是一个诱人的概念，也是人们听到不同声音的渠道，虽说危险但也是人所共知，谁没听过“敌台”呢？因此又不算什么。而自攒的半导体可以是四个管的、五个管的，甚至七个管的。七个管的那时就可以称王了，有短波，能听到密度很大的许多外国台，许多语种，钮稍一旋就一个台，“敌台”不必说了，已是次要的，主要是可以倾听世界。北京人渴望了解世界，一个北京人如果不了解世界就觉得自己不是北京人，后来的改革开放、拥抱世界，在七十年代的民间就已萌芽，因为早已在倾听。

能攒半导体的人当然不是一般人，得是有点“水儿”的人，我们院一个邻居的亲戚在七机部工作，七机部在北京当时名气非常大，好像北京的知识分子（特指科技人员）都是七机部的，“四五”运动七机部也是最活跃的一个部，他们做的花圈用卡车拉，最著名，阵势也最大。这是后话。对我们七八户的小院来说七机部的人格外神秘，七机部又是保密单位因而更加神秘。七机部的那个亲戚在我们院一路领导新潮流，最开始他能自攒收音机我们已觉不得了，接着他攒了一台五个管的，且款式新颖，喇叭也特别讲究，声音清晰，质感悦耳，再后来他又攒了一台七个管的……我们院里有的人就跟着学，攒不了五个管、七个管的就攒两个管的，他只有初中文化，我们开始都不相信他，他买了电烙铁、锡丝、烙铁油、二极管、电阻、电容、线路板、外壳——都是在永外、车子营买的。常从他们家窗户里飘出一股股电烙铁油味，有些呛人，但我觉得很好闻，这是我们这个小院从来没有过的味道，历史上也没有，和整个小院历史传统完全不相干。

因为电烙铁，玻璃板也就应运而生，电路板要在玻璃板上焊接才行，否则易失火，而且有了玻璃板透着专业。当时不说别的，光是那套家伙就让我们佩服得不得了。我们觉得他疯了，有病，这是另一种感觉，不说它了。反正幸好有七机部的亲戚不时点拨他一二，有一天在七机部亲戚不在的情况下他的房间竟然发出了伟大的声音，所有人都熟悉的播音员夏青的声音。我们拥向了他的房间，就好像原子弹爆炸成功了一样。我们欢呼，有人激动得流下泪水，看到某种也事关自己的希望！没有文化也能干事。这就是民间——民间有巨大的活力，只要给出一点自由的空间，像永外、车子营那样的空间，民间就什么都会创造出来。当然了，只有极少人具有某种偏执的天赋，然而对民间而言也用不着太多这样偏执的人，有个别的便足以激活民间。

在攒半导体的影响下，当时有一阵最流行的实际是攒耳机子。攒耳机子很简单，人人可为，不用二极管三极管，也不要电烙铁、焊油、线路板，只有两个黑色的听筒，从车子营或永外买现成的，回家只要扯上根铁丝就能听了。铁丝拉得越长越高声音会越大，越清晰，听的台也越多，有时也还能听到“敌台”！最强大的敌台不是“美国之音”，那时好像根本没有“美国之音”，而是“莫斯科广播电台”——“莫斯科广播电台，我们现在开始广播……”说完这两句话会有一段像卸货一样“哐哐”的音乐，听上去非常不同，甚至很可怕。一般不敢多听，听上几句赶快拨掉。但过一会儿又会再听。

我没攒过半导体，对我来说耳机子印象太深了，我记得有一次我把铁丝也就是天线连到了院里晾衣裳的粗铁丝，收听效果奇佳，声音一下大了很多，又正好听到“莫斯科广播电台，我们现在开始广播……”，吓了我一跳。1996 年我首次出国，俄罗斯远东第二大城市布拉戈维申斯克，一个黑龙江边漂亮的大学城，但是到了宾馆却让我大吃一惊。房间仄小，一张单人床，一套很小的桌椅，其他什么都没有，没有电视、电话、卫生间，没有拖鞋，没有牙刷，在一切都没有的情况下居然有一副耳机子，就挂在墙上！耳机子一下子把我拉回过去年代，想起自己当年听“敌台”情景。

“莫斯科广播电台，我们现在开始广播……”

1996 年中国已发生了很大变化，不要说宾馆，就是各家各户也都是二十寸的彩电，而这里的耳机子像停留在我们曾有的史前时期，曾有的车子营、永定门废品站的自由时期。我在房间听了好一会儿，只有一个台，永远是音乐，我真想在这儿听到：“莫斯科广播电台，我们现在开始广播……”

但是没有，是柴可夫斯基，老柴。

心静下来。

2014.05.16

北京老胡同

骚动的心，就由它去。谁怕，冰冷的太阳照亮着它。

——陈惜惜

四、冰

永定门外，有一处冰窖，总有三轮车从这儿往城里运冰。蹬三轮车非常吃力，一般车上要装四五块冰，死沉死沉的。有时冰上盖着黑麻袋片，有时盖了一半，一路走一路化，留下长长水渍。蹬三轮的人路上挥汗如雨，脖子上通常挂一条白毛巾，面红耳赤，脑门发亮，由于汗水的原因眼睛很黑，但眼白却很耀眼。冰运到京城各大菜市场副食店，那时副食商店没有冰柜，夏天的肉就靠这些冰镇着。

冰窖附近完全农村景象，除了黑色路面，两边是一望无际的麦田，茁壮的玉米、稻草人。几乎看不见村子，仿佛这一带就是冰窖区。路边分布一些高低不一的黄土墙、残垣断壁的土屋。没有门，只有门洞，每个门洞里面都有地下入口，三轮车从里面出来，一辆接一辆，一个夏天也不止。有时还有解放牌大卡车进入，拉出一大车冰，不知这么些冰拉向哪里，送往部队或有当兵站岗的大院？也像三轮车一样一路滴水。到二道河逮蛐蛐的我们路过这里会停下找些冰吃。别看上面残垣断壁，里面却如此巨大，完全是冰的世界，冰多了也有一种辉煌与震撼。特别是冰都处理过，有着人工痕迹，都被切割成统一大小，从下到上码放，每块冰都有一米见方。这里太凉爽了，里面的工人都穿着军大衣，我们则是小裤衩背心，一会儿就冻得不行。每次我们都是很快取些碎冰带到外面吃，不敢在里面多待。

这些冰来自哪儿？天然就在这地下？难道是冰矿？但当时我们想不到这些问题，我们太小了，一切对我们都是天然的无可置疑的存在。我们不知道以前的事，甚至也不知道当时的事，多年以后我才知道北京还有个冰窖口胡同，知道了清代富察敦崇所著《燕京岁时记》上说："当年周成王命凌人掌冰，岁十二月，敕令斩冰纳于凌阴。凌阴者今之冰窖也——藏冰之制始此。"指出西周时期周成王就已指定专业储冰官员于每年十二月制冰，取冰，将其切开，储于冰窖之中。又查到《诗经》中有云："二之日凿冰冲冲，三之日纳于凌阴。四之日其蚤，献羔祭韭。"

至少从最早的文字记载看，冰激凌起源于中国，前面提到周朝帝王为了消暑纳凉令人凿冰藏冰，消暑享受，到了唐朝已开始加糖入冰，长安街头已出现制售冰饮和冰食的商贩；宋代市场上冷食花样繁多，冰里已加水果或果汁；南宋已掌握用硝石放入冰水作为制冷剂，以奶为原料边搅拌边冷凝制作冰酪的方法。冰酪是现代冰激凌的最早起源，它的制作方法已经与现代冰激凌十分相似。公元13世纪马可·波罗把这种制造冰激凌的方法带回意大利，西方才有了冰激凌，逐步发展，流传世界。

当时我们什么都不知道，“文革”时代中我们知道什么？传统与传统文化都革了，我们哪里知道明清北京的冰业十分发达，不仅有冰窖口胡同，故宫内也有冰窖，盛夏时节皇帝会给大臣发“冰票”，大臣可以拿冰票到皇家冰窖买冰。明清两代冰是一种宝贵资源，只许官采，不许民采。直到清末民初才逐渐允许普通平民百姓开采储冰。那时采冰人被称为冰户，卖冰的店铺称为冰局。采冰一般都是在北海、中南海、筒子河、护城河上进行。三轮车不仅夏天拉冰，事实上冬天也拉，只是我们见不到。甚至更忙，因为从河上拉到冰窖，码冰是一项力气活更是一项专业技术。达官贵人用的冰特别是皇家冰窖窖底要以柏木打桩，四周、底部铺砌石条，地面部分要用大城砖砌成一米多厚的围墙，无梁无柱，形成拱形结构。每年皇家伐冰、储冰工作在冬至以后就进行了，首先由工部知会步军统领衙门，在采冰河段下游闸口墩放闸板蓄水，然后由兵丁乘小舟清除河水中杂草污物，再提起下游闸口的闸板，放出去脏水，水平后再次墩放闸板蓄水。据说这个前期工程称为“涮河”，经过“涮河”，过冬至半个月，河面完全封冻，就开始伐冰了。这些我们当时能从哪里知道？都不知道，而且我们去的永外冰窖完全没那么讲究，我们不知道冰窖分为食用冰、冷藏冰，后者显然不必“涮河”，不必条石打桩，冰上大都沾着麦秸、稻草，边冰里面都有许多稻草。但我们照吃不误，有时还会吐掉麦秸，也没见有谁拉肚子，闹病。

我们应该知道却不知道的东西太多了，事实上我们只是碰到什么知道一点什么，知道也是浅浅知道，有更多的不知道。看见运冰车我们最多追上去掰几根冰柱吃，被老头发现免不了一顿骂。有的蹬三轮的老头常年走我们胡同，上学下学常见到，和老头都熟悉了，若再帮老头推一把，取一些冰柱，老头就不会骂，还会高兴地来一句：冰棍败火，拉稀别找我。

五、二道河

二道河不宽，水也不大，弯弯曲曲，时宽时窄，在杂草中它来自远方又流向远方。远看河流无论如何都好看，但这条河不同：远看也难看。远远的就是污泥浊水，恶臭扑鼻，一眼望去是黑的。幸有芳草分布其间。问题是芳草常常带着黑渍，远看整个岸都斑驳。若光水黑，远看河还是好看的，映着天，也有某种光感。城里来这儿的人很多，但都是成人，带着家伙，骑车，不为闻味只为捞线虫。线虫不像鱼虫长在污水里，而是长在污泥里，远道而来的人们下到水里，将一块块布满红色线虫的污泥挖下，装进口袋带回。那个年代京城的污水或许成分不复杂，甚至某种意义上很肥活，不然污泥中怎么生长着那么多活跃的密密匝匝的线虫呢？

在流行着自攒半导体、红茶菌、耳机子的时候，也流行着养热带鱼、金鱼，线虫是热带鱼最爱吃的，金鱼最爱吃的是水中的鱼虫，好像鱼边喝水边把鱼虫就吃了。胡同时有卖鱼虫的，几分钱给你抄一小网子，回家放进鱼缸，鱼可爱吃了，人的心情也会随之特别活跃。城里一场大雨之后就会有一些捞鱼虫的地方，鱼虫似乎喜欢积水、污水、死水，流动的水长不了鱼虫。城里积水地方有限，更多人们到郊外捞。捞鱼虫的人多了，郊外也不好捞，这时污水河的线虫就进入了人们的视野。线虫吃起来费劲，不像鱼虫一吞就到肚里，线虫得吞许多次，而且线虫事实上还在反抗。但也正因为反抗，张牙舞爪，红色的线虫在鱼缸里显得特别漂亮，一小块泥上往往飘舞着大团柔软的“红线”，鱼吃起来也好看。

二道河是我们的终点，也是许多成人的终点。

二道河是比较远的农村，我们“长征”到这里不是为捞鱼虫线虫，而是逮蛐蛐。金鱼和热带鱼都不是我们能玩的，我们只能捞点小鱼儿，因此在二道河我们会走得比捞线虫的人远一点，最好是深入到村边的豆子地、菜地、麦垛、玉米秸这些地方。蛐蛐也愿待在靠近人的地方，反倒是空空田野上蛐蛐很少，不知怎么回事。有时不知不觉已走出很远，等到再回二道河，感觉异常亲切，而到看到护城河了，就像到家一样。

两次过河，好像自己是来自河外边的人。

二道河，不知道现在还有没有。

六、蛐蛐

逮蛐蛐除永定门外还有一个方向，是广安门外。出了广安门，近一点儿的地方是湾子、莲花池，远一点儿的是小井、大井。莲花池是那时唯一见过的乡野水面，非常的陌生，不觉得美，小时候哪懂美。现在想来水面不大，但当时觉得很大，水上有大片芦苇，偶尔的一两条船，芦苇连接着无边无际的乡野、天空、云，因为不懂美，看上去甚至觉得有点恐怖。或许因为这一大片广阔陌生的水域，那时感觉广外与永外，方向很是不同。不同还在于这个方向我们去得少，而且不再是走着，每次我们都是在果子巷坐 6 路汽车。坐车与走着的不同在于路途始终是陌生的，与大地总有一种断裂感，而且一下了车感觉像一个人到了自己体外，自己和周围世界都是陌生的。走路就不一样,每一步都是与大地联系着的，远远地你对终点就感到熟悉，到了终点就像任何时候停下一样，大地仿佛专为你而设。永定门外是这样。

但广安门外不是。去永外我们是小学二、三年级，去广外已是五、六年级，仿佛二、三年级不能坐车，五、六年级就可以像成人那样坐车了。此外去广外逮蛐蛐工具也更专业，不光是用手，还有了蛐蛐罩子、纸筒、探子。蛐蛐罩子的做法是先用硬铁丝做成骨架，上尖下宽，状若窝头，然后用细铁丝一圈一圈缠，直至封住。有了蛐蛐罩子逮蛐蛐就方便得多，如果光用手一是不易抓住，二是抓住了容易伤着蛐蛐。纸筒是用报纸做的，中指一样粗细，一头捻住，罩住蛐蛐后将其握在手心，纸筒对准大拇指和食指留出的空间，往里一插，蛐蛐就会自动钻入纸筒，再捻上另一头，一个完整战利品才算完成。

尽管有蛐蛐罩子，逮着蛐蛐仍不容易。在庄稼地、菜地或陈年的柴垛，你得先谛听，慢慢地循声，蹑手蹑脚接近。尽管如此，一旦走近，叫声仍会戛然而止。只能慢慢等待。有时声音再起，已不在原地，移动或跳到了别处。蛐蛐极敏感，不知是否有嗅觉。除此关于听还有讲究，不是任何叫声都值得你蹑手蹑脚、屏气凝神去抓的。有的蛐蛐一听就是小个儿，不值一抓，有的一听就不一般，声震四方，犹若天籁。这样的蛐蛐很可能是大红头儿，至少是小红头儿，掐架非常厉害。小红头儿个儿虽不大但是疯，性如烈火，不大的身子却足令对手眩晕，退避三舍。抗战神剧《雪豹》里的那个男演员文章的表演风格就像小红头儿，兴奋起来不得了，不知道他掐过蛐蛐没有，我觉得他掐过。

大红头儿就更不用说了，那种稳，体大力不亏，低牙，俗称地铲子，铲着地，简直不可一世。小红头儿再疯也不过是个演员，大红头儿才是巨星。一般蛐蛐根本不敢跟大红头儿对峙，就算体量相当也难抵挡大红头儿稳稳的贴地的攻击，它不是掐，而是将对手铲起，完全不可一世。我没见过传说中的大红头儿，但见过小红头儿。小红头儿是我们院的孩子头小徒子抓到的，小徒子那时已上班，他说不是在莲花池抓到的，也不是在永外，小徒子说农村根本没有小红头儿，得到山里才有。小徒子是七一届的，那年分到了石景山第二热力发电厂，他说是在石景山的岩缝里抓到的。确实，看上去小徒子抓到的小红头儿就不一般，瘦长，头部呈土红色，整个身子偏褐色，接近透明的感觉。一见对手就兴奋、疯，好像控制不住自己，三下两下就把对手掐出罐外。要么就是一口咬掉人家的大腿，让人家变成“一只翘”，主人心疼得恨不能哭，赶快把自己的抄走，恐怕慢了那另一只翘也被咬掉。那阵子小徒子的小红头儿掐遍了我们那一带的胡同，让对手闻风丧胆。

掐蛐蛐的地方在周家大院胡同口，这条胡同长不过五十米，但胡同口比较宽，正对着前青厂胡同，形成一个丁字路口。胡同另一头是周家大院3号与相邻的7号，两个院子都住着上百户人家，是我们宣南那一带最大的两个院儿。3号大院从正门进去后门出来差不多就到了宣武门，里面纵横的小巷就如同外面的胡同，小时我们去宣武门、校场口都是走3号。3号院套院藏龙卧虎，光那时我们知道的就有许功——鲁迅小舅子，启功——那时他还不是特别有名，只是住在一个院中院，也算独门独院。不知道的还有什么人就更多了，也无从说起了。胡同口西北角有个半圆形的带玻璃的房子，那是我们那一带的理发店，从小到大我们都到那儿剃头，剃头的两位师傅都特别熟，一个长得像张军长，一个长得像李军长，就连性格都像。特别是李军长最像，秃顶，长脸，为人和蔼，对小孩也像对大人一样客气，我们都喜欢他。张军长总是沉着脸，不爱理人，但是李军长有时会和他开玩笑，两人一唱一和也很好玩。理发店玻璃窗下有一溜儿凸出来的台基，石质不好，是很糙的火成岩，从早到晚总有人在这儿闲坐、聊天，在附近弹球、抓冰棍儿棍儿、下棋、玩曲别针、拍三角、人山人海地撂跤。那时没社区概念，实际就是现在的社区，自然这儿也是每年掐蛐蛐之地。每每理发店下都围了许多人，孩子、大人、老头，没老太太，没有女孩，没有妇女，偶尔有个女孩也被叫成疯丫头，那时就是这样。那算传统吗？我不知道。即使“文革”期间反“封资修”反得那么厉害也是如此,可见“文革”也非万能。

我养的蛐蛐从来没拿到胡同口去掐，主要是我逮的蛐蛐都太小了，无论是从二道河还是莲花池逮的，一点也不厉害，只和院里的小伙伴文庆、七斤、秋良之类手里的凑合掐掐，或者是自己的几个蛐蛐之间掐一掐。我当然知道我养的蛐蛐哪个厉害，这样掐主要是一种训练，即用弱的蛐蛐逗主力蛐蛐，让它保持锐气，每次和别人掐之前一定得先把它逗疯了，见对手就冲上去才成。然而即使如此，我养的所谓主力蛐蛐一见对手也开牙了常常立刻就跑，跑得就像刚才的陪练一样。我想尽办法让自己的蛐蛐英勇

2014.03.04

北京老胡同

刹那间，被阳光解析的存在，轻如生命，
重如影子。

——陈惜惜

善战，比如喂大蒜、辣椒，在蛐蛐罐里放尖锐的石头，可还是每每让我失望。有一次我的一只蛐蛐被别人掐掉了一条大腿，我也没特别可怜它，觉得它没出息，该。之后让它当了陪练，没想到这个“一只趔”在我的蛐蛐中仍是最棒的，照样称王称霸，简直气死我了，而我也毫无办法，再与别人掐也只能让“一只趔”上。

有一次，小徒子给了我一只长期不开牙但身高马大的大蛐蛐，为此我展开了疯狂的遐想。蛐蛐是个黑大个儿，长得跟“油葫芦”似的，两只大夯（大腿）往地上一戳，要是开了牙还不得天下无敌？小徒子说从逮着那天起它就没开过牙，怎么逗它也不开，喂什么也不开，我觉得这不要紧，万一，万一它哪天一高兴突然开了牙……我激动得不敢想下去。

我兴奋得睡不着，夜里一觉醒来还要爬起来看大黑。我觉得只要是蛐蛐迟早会开牙的，我给它好吃好喝的，让它吃鸡蛋黄，平时我都吃不着鸡蛋却给它弄了鸡蛋。给它吃辣椒、大蒜，不吃我就用蛐蛐探子蘸了辣椒、大蒜探它的嘴，有一次它真的被辣得张开了大牙！它的牙多么漂亮、凶狠，像两只大铲子，别说掐，吓也得把对手吓死。当然了这只是我用探子探的，还不是战场，但据说就得经常这么探，这么训练！我有的是时间，有足够的耐心。现在我一探它就开牙，这真让我激动。想象中的成功常常让我浑身发抖，因为没有什么比成功更能激励一个孤单无助的孩子。有一天我觉得可以让大黑一试身手，决定用“一只趔”跟大黑掐一掐，逗一逗大黑。小心翼翼将大黑请到了专门用来掐蛐蛐的罐子，让它先适应一下战场，又探了它的嘴，激动万分！“一只趔”进了罐子，先开了牙，可能是看见大黑个儿太大有点害怕，开得不大，完全是试探性的。大黑稳稳的，一动不动，我觉得“一只翅”要是冲上来大黑会一口咬断它的脖子。“一只翅”真的冲上来了，大黑却不如我所料，掉头便走，“一只翅”立刻疯了，爹翅，吹哨，一边吹一边追大黑，把个大黑追得满罐跑。赶快用蛐蛐罩子把大黑提上来，怕它对失败印象太深，以后再不敢开牙。好几天不愿看大黑，希望大黑忘记“一只翅”，我那么小，心就那么细，那么能体谅失败，抚慰失败者，永不放弃。

有人说蛐蛐得闷才行，而最好的方法就是把蛐蛐埋地下。仿佛与生俱来天空和地下有神秘感，上天做不到便把梦给予地下。一旦有了“埋”的想法我立刻从失败中振作起来，感觉又有指望了，那天当我撬开了屋门口一块青砖，我的心是多么激动！不过砖下的虫子吓了我一跳，那是一种多足发黑有硬度的虫子。不是潮虫，潮虫我不怕，是火蝎子！不过转而又高兴起来，因为想到火蝎子陪伴，大黑说不定会厉害起来。现在回想起来，真是感叹小小的心灵原是那样活跃，生，希望，就如同根系是随时扎的。又起一块砖，那穴挖了差不多有一尺深，方方正正，把蛐蛐罐密封，放到最底下。

让它孤独，让它忘记，让它出世。把土覆好，压瓷实，再把撬开的两块砖盖好，扫净，勾上缝儿，弄得完全不露痕迹，和别的砖一模一样。做好这一切，我又难过又高兴，我还从来没有因做了一件什么事而产生了如此强烈的好奇心，看着埋了蛐蛐的方砖不想走。下面是一个自己埋下的秘密，这个秘密给我印象太深了，构成了我童年的心、少年的心，那时我对天空毫无想象对地下却不然，我被“地下”深深地攫住了。我觉得时间那么慢，每分每秒都那么慢，可以想象一个孩子心中若只有一件事，时间会过得多慢。

本来至少要埋一个星期，可只埋了一天便实在忍不住了，仿佛世界已因这一天一夜变了样。我无比兴奋地便撬开了两块砖，将“久违”的蛐蛐罐小心翼翼地取出，打开密封，我看见了黝黑发亮的炯炯有神的大黑！多么的威风，完全像王，于是提出“一只翅”放入罐中，结果……梦是那么容易破灭。好在我没怨大黑而是怨自己，于是再次深深地埋入。不过经过那次也好，心理上的焦灼减弱了许多，知道急没用，急反而会损失宝贵的时间。

人就是这样自己成长的，抽象的教育没用，就得一个人这么经事，磕磕碰碰，自己说服自己，慢慢地长大。这次重置地下，真像安葬一样，非常安静，没有任何焦灼。开始每天仍是数着过来的，但数到一个星期后反而不着急了。时间本身在起作用，时间自身越来越强大，其间下了场大雨，整个地面都泡起来，新埋的砖明显与其他砖不同，雨顺着缝儿漏下去。但我也并不过分担心，蛐蛐罐封得很严，而且据说经过雷雨的天气蛐蛐会更厉害。这一次等了十天，或者十二天，我记不清了，或许有十五天。这次“出土”是决定性的，非常重大，时间好像过了几个世纪，中间有些天竟忘了这件事。没有比忘了再想起感觉时间更长了，这时出土大黑真有一种“出土”的感觉。正好那时刚刚出土了长沙马王堆汉墓一具千年女尸，里面尚有一部《孙膑兵法》，轰动世界！因此我觉得我这“出土”同样意义重大。

其他一切都正常，大黑更黑、更亮、更神秘，但就是沉默，不开牙，面对疯狂的“一只翅”只是躲闪，“一只翅”叫，哨，奓翅，疯狂地扑，大黑有些不理解地转身，动作缓慢，简直具有大象的风格。我想它只要开一下牙就可咬断对方，但是它们仿佛不是同类，大黑一如既往地木讷、麻木。

没有理由再埋。“一只翅”是高兴极了。

最终大黑成了“一只翅”的陪练，直到死去。

我不理解这件事。一直不理解。

裂口子

总是一入冬手就裂口子，不断地裂，结痂，又裂开，直到春暖花开。三九严寒，常常疼得咧嘴，只好吸冷气，用嘴呵。实际上呵气裂得更深、更疼，但呵气是本能，因为太疼了。裂的口子大小不一，中间大，两侧小。其实裂得大不一定更疼，相反那些小口子更刺心、蜇心。不知那时为什么很多人裂口子，当然食物匮乏毫无疑问是最大原因。最易裂的是手上的四个关节，每个关节都有口子，中间的裂得最大，见骨，骨与肉又红又白，日久边上发黑，几乎形成一个天然的肉十字架，边上黑色的纹理简直就像年轮。

冬季来临前，一般是先皴，一入冬，一场风之后，就出现许多像鳞一样的小口子。字典上“皴”有三种解释：皮肤因受冻或风吹而干裂；皮肤上积存的泥垢和脱落的表皮；中国画中涂出物体纹理之一种技法。显而易见，第三种解释是前两种的引申转喻，仍有联系。古人表现山石树木脉络、纹路、质地、阴阳、凹凸、向背也显然受到手背的启发，形成“皴”，据说有披麻皴、乱麻皴、芝麻皴、云头皴、雨雪皴、大斧劈皴、小斧劈皴等“十八皴”。我不能说这些皴在我手上都能找到，但找到十八种是可能的，如果用放大镜或者显微镜来看那就不止十种，甚至不止十八种。特别是手背最高关节上那受难的地久天长的大口子已不是皴，而像一个古老的庙堂。

虽疼痛但依然挡不住疯跑，折跟头，撞拐，骑马打仗。男孩没这些游戏就过不了关，比如撞拐，无论你愿不愿意总会激你，把“拐”撞到你身上，有人骑在别人背上从你身边呼啸而过，手里挥舞着想象的鞭子，鞭子有时真的就落在你肩上。这时会忘了手疼，冲入阵中，做一匹“马”或“马”上的骑手。在寒风中，在雪中，在雨中，童年、少年，只要构成了群体，争强好胜就是必不可少的。

最残酷的游戏还不是骑马打仗、撞拐、砸驴而是拍三角，在寒风中，在冰冷的大门口的石阶上，简单而冷酷。烟盒已久经沙场，边上泛白，快要开绽，开绽就要退出游戏。一摞三角，开始得非常用力拍，三角一下散开，会有许多扣过来，凡扣过来的是你的胜利果实。就像桌球的开球一样，开栏就有进球。每次一掌下去小口子都会张开，血珠渗出，最大关节处的大口子更不用说，血真的会淌出来。但是照拍，不怕，拿张破纸擦擦，继续。散开后拍单张用劲小就好多了，有时会非常轻，像呵气一样。也不能太轻了，太轻翻不过来，一种高度的拿捏。这是个微妙的技术活儿，非常锻炼人，事实上很多课下的游戏都比课堂给人带来更多东西，比如勇气、耐力、孤注一掷、轻巧、微妙，在冬日的北风中，是另一种天人合一。疼，疼死了，疼得像火像燃烧，因而又构成了抵御，对寒冷与北风，不感冒着凉或许正

2014.03.06

北京国子监

老北京消失了，槐树哪儿也不想去了，孤单地站在那儿，树枝溢满蓝天，那是它无私的拥抱。

——陈惜惜

是这种能量所致。那时不知为什么，就是有一种邪性，一种“不怕”。大概与那个时代“一不怕苦，二不怕死”的口号有关。没有没关系的事物，有些看起来无关，实际有着更深的关系。但往往你又说不清楚，许多东西就是不能说才存在。对于不能说的应保持沉默，我很同意维特根斯坦这个说法。

比较起来我裂的口子还不是最大的，常来我们院的一个孩子叫“刚果”，他裂的口子才叫大。“刚果”因为黑，厚嘴唇，手大，肩膀厚，不仅样子像非洲人，憨憨的神态也像，甚至头发有点卷，太像“刚果”了，我们那时跟刚果关系也特好，好像送杧果的就是刚果，反正差不多吧。“刚果”因为手厚，裂的又黑又大的口子跟小孩嘴似的，每次我们院大人孩子表示惊讶时他就嘿嘿地笑，有时还用手扒一扒，吹口气，迟钝地笑，麻木地笑。大口子外缘已基本像腊肉一样，骨头则像他的牙。没有“刚果”时我也曾拿出血的口子显摆给别人看，看到别人的惊讶我也很得意。

整个冬天不穿棉鞋，就是一双解放鞋过冬。而且一下大雪就出去滑雪去了，前青厂胡同和琉璃厂都窄，不便滑，因此常常就跑到南新华街、和平门一带的大马路去滑。汽车、电车轧过的雪特别滑，因为雪天车开得慢有时还扒着车滑，非常危险，但还是滑。穿着不到30码的解放鞋在车辙印上跑、滑。别看手上裂得全是口子，脚从来没冻过，连一点红也没有。晚上脱了鞋，脚丫子就是白，那种无血色的白，无温度的白。冬天脚也出汗，因为疯跑，脚总是咸臭咸臭的，还特别爱闻自己的臭脚丫子，几乎上瘾，也不知为什么。

也不穿棉裤，一条绒裤过冬，肚子里还没什么油水，就那么扛着，也扛过来了。一度大冬天北风呼号我只穿了一条小裤衩到街上跑，几乎跟裸奔差不多。营养不良，瘦得像堂吉诃德似的，飘飘荡荡，但就是不倒，也不真的飞起，仿佛梦境里一般。的确，童年就如同一场漫长的梦境，或像在一种不自知的邪教里。我无法评价童年那种几乎变态的自虐精神，不会感谢什么，不，但也的确获益多多。

曹全碑

有一种记忆有点怪，明明记得，却又像不记得。如同视而不见。小时临过几年碑，那情景封存脑子里，我却从未打开过，好像与己无关。其实如果细察，许多记忆都好像与自己无关，唯有考古，或某个契机，像一把钥匙一样咔嗒一下打开了记忆的开关。事情最初与画天安门、红太阳有关，是图画老师留的家庭作业。夏天，我吃饭写作业都在当院，往往在自己门前搬一个小桌、小板凳，目中无人地写写画画，仿佛整个院子都是我家院子。其实对面就住着老梅，老梅总看着我，我却从来视而不见。

老梅叫梅作友，岁寒三友以梅为友之意，但小时哪知什么岁寒三友，只觉得他的名字怪。老梅在荣宝斋工作，开始大家以为他是画画的，后来又听说是裱画的，也不知道什么叫裱画，使我们觉得他更加不同。老梅是外乡人，或者说是我们院永远的陌生人。我们院的人都乡里乡亲的，渊源上来自河北乡村的同一个地方，各家房子原也都是私房，解放前置下的，后来都归了公。记不清老梅是1966年还是1968年搬进来，也不知为什么搬来，反正房管所让搬来就搬来了。老梅原来住哪儿谁也不知道。我们院大人都在房山县工作，每两个礼拜才回来一次，只有老梅上班近，就在琉璃厂荣宝斋，从前青厂走着不过五分钟，中午老头都天天回来。

老梅抽烟袋，细眼，吊眉，表情迟缓，话很少，手中长长的烟杆让人想起古人。虽是“文革”，仍穿着对襟的衣衫。常常我只要稍抬头就看见老梅，老梅也看着我，有时看上去很虚幻，如同背景一样无意义。

我做什么老梅都不语，烟杆永远在手中，我画天安门、吃饭、写作业、画红太阳、玩、埋头刻少剑波李玉和的剪纸，做的事可多了，我是那么安静，老梅也那么安静，时间长了相互视而不见。如果不是有一天我又描起“空心字”，大概永远就这样了，直到他消失。

那天画天安门，画得不好，也不爱画，就试着描起空心字。空心字就是先用铅笔把字写大写粗，然后用圆珠笔描轮廓，描好后把铅笔印儿擦掉，圆珠笔的轮廓留下来就成了空心字。这是偶然受到院里一个上中学的大孩子的启发，我描起来可高兴了，可入神了，结果那天闻到一股很近的烟袋味儿。平时老梅的烟味我已闻惯了，闻而不觉。这次不同。一抬头是老梅。离我很近，就在我的头顶上，夸我描得好，说我可以临临帖。

老梅送了我一本碑帖，让我照此临帖。一本黑反白的碑帖，字很怪，与我见到的印刷体汉字完全不同，我从未见过。过去我以为只有印刷体，想不到还有这样的字，这还是字吗？帖子名叫《汉隶曹全碑》，不知是老梅家幸存下来的还是从哪儿找来的，在“全国山河一片红”的年代这样的碑帖显得大胆而另类，有着某种风险也未可知，反正与革命肯定无关。但我只觉得这是好字，我们的血液还是古老的，有着基因，这是革命还进入不了的，因此能直觉到好东西。虽从未见过但每个字对我来说都如此飘逸，像来自天上的字。要么就是出土于地下的字，反正不是“人间”的字。字的黑反白对比很强，字迹斑驳、模糊、锋利、飘舞，仙风道骨，某种意义上《曹全碑》可以说是完全的道家的字，活脱儿的古中国。当然这些都是潜在，提供给潜意识的，当时根本不懂。事实上也用不着懂，潜移默化就够了。

尽管只提供了帖子，没教我，只告我照着临，但我仍觉得是一种密授（多年后回想大概是不敢教）。要是在古代，我这算孺子可教吗？可惜那时不是古代，甚至也不是现代、当代，而是超时代的“史无前例”的时代。不过即使如此，现在回想当年的四合院，那青砖地面、房脊、影壁，也称得上“古代”了。而且反复地临、照，一笔一画，事实上也等于从字里行间某种笔触进入古老时间。

因为大字报风行，当时小学开了大字课，描红模子，多是语录。我不爱描，老梅也不愿我描，说写大字最好就是临、照。也不说为什么。老梅话语简短得莫名其妙，说出的话也像碑上的话，残破、不整。这一切直到三十年后我重新临字才明一二：描仅得其形，临或照是印心，心印，所得不仅是字，而是心，是古人之心。老梅的旱烟在天上飘，我慢慢临、照，在院子当中，在屋檐之下，简直像某种童话。当时不觉得，现在我能想象我那时的眼睛布满了怎样的时间：无明的时间，超时间的时间，仿佛一个小老头，但又是最纯粹的孩子。我有着老年人的缓慢，眼睛又无比清澈，审视半天不着一笔，因为无从下笔，因为必须纠正日常的楷体字习惯。

汉隶横不平，竖不直，一波三折，曲线为主，和楷体逆着，临出来特别难看。于是再慢，比老人还慢，有时悬笔很长时间，仿佛定住了。哪有

一个孩子这么慢的？但当时我就是这么慢。有时一抬眼看见了老梅，想不到老梅也正看着我，烟也停了，看上去像过世之人。我看他看得时间长了，他缓慢地微微笑了一下——微笑与过世的感觉瞬间转换，仿佛过了千年。

老梅从没表扬过我，甚至没说过什么话，就是看，完全无为，一如老庄的无为，一如吸的旱烟慢慢地缭绕，慢慢地，一切消失在烟云中。是的，消失了，临了多久后来全忘了。主要是字太静了，太无明了，潜意识太深了，以至身体有了质的变化之后导致了岩石般的遗忘。对孩子而言，身体的速度超过心灵的速度，一个成长节点往往是对另一个成长节点的否定。或者也可以说是覆盖。这种覆盖就如西安半坡村的史前文化层，是一层一层的，它们有联系，但是寂静断裂性的联系。

这种记忆也是这样，有联系，但是寂静，存在，又像不存在。

小学堪称我的石器时代，如果细分的话，还可以分旧石器时代与新石器时代。到了中学，一切都突然变得不同，正如《青铜时代》：一个太阳升起中的人体看着远方，实际上也是看着自身，无明之霭消退，曙光升起。尽管这曙光还不是现代意义的“人”，但相对无明的石器时代，已是一种主体。简单地说，与小学相比，我不再寂静，甚至也不再孤单，一上中学有

2015.01.20

北京前青厂胡同周家大院
宁肯北京老家

阳光下，历史的碎片堆砌成山，阴影中，城市与废墟只有一步之遥。

——陈惜惜

了一批和小学不一样的同学。这异样是渴求中的，仿佛是内心一直寻求的。很快我就和陌生的同学熟悉了，相互都感到新鲜，认同，交往方式也与小学不同，有了某种小成人的味道。家里没大人，就我一人，同学都愿到我家来，甚至后来常常晚上留宿。当然不会早睡，聊天，吸烟，折腾半夜早晨起不来，上学迟到。有时一迟两节课，迟就迟了，太平常了，根本不怕。那时正好批“师道尊严”，学校忽又有了大字报，不过和我们无关。

怎么说无关呢？不是说不写大字报就无关了，实际上我们的看起来自发的野性的行动就颇有关。迟到的路上，大家晃晃悠悠，凑钱买烟，你几分我几分，买不了一盒就买几支，有“战斗”的、“工农”的、“经济”的，最便宜的烟。然后坐在琉璃厂铁胳膊胡同里的音乐出版社台阶上抽，吐烟圈，比谁吐得圆，到了学校，来到教室门口一齐喊班主任“老管！”气得“老管”直哆嗦。我们太嚣张了，批“师道尊严”正如里尔克诗里的“夏日曾经很盛大……再给它们几天南方气候”。我们借助了“南方的气候”诡异地完成了身体的裂变，完成了我们的青铜时代。老梅早已不知不觉隐退，老梅是谁？那时对抽旱烟袋的老梅早已视而不见，字也断裂在无明与太阳升起之间。

2012年我在琉璃厂裱字，完全不问价钱，要多少钱给多少钱。尽管生长在琉璃厂，尽管老梅还曾是荣宝斋裱字的，我却从来没觉得和这里的字画有关系，我没裱过一个字。事实上我后来连一支笔一块墨也没买过。鲁迅文学院常务副院长白描先生送了我一幅字，一下激起了我的琉璃厂情结。第一时间我便想到白先生的字一定要裱起来，到哪儿去裱？当然是琉璃厂。如果城市也有故乡的话，你最初生活的地方，比如某条胡同、某个街，就是你的故乡，特别是如果你已离开三十年，甚至四十年。

裱完字不久，白描先生在鲁院新址古色古香的茶室请部分学员小聚，茶室有屏风，文房四宝，宽敞的案儿，白描先生仙风道骨，运墨挥毫，给每个人题了一幅字，大家品，闲谈，忽然——怎么可以，有的人就站在了白先生写字的位置，提笔写了起来。从来，我觉得这一“位置”与我无关，我对这位置敬畏有加，绝想不到我会提笔。但如此一寻常人也拿起笔，让我心里咯噔一怔。接着又有人上去“献丑”，确实献丑，写得真不怎么样，或者根本不会写，连笔都不会握。而你，小院，老梅……小时你的眼睛曾经像岩石，你看着《曹全碑》，多么困难……但也就在这时早年开始融化……分解……水波荡漾……想起来了，所有相关的一切像烟浮现，老梅、鸽子、云、阳光、猫、岩石……于是你也站在了许多人都已站过的案几后，提起笔来。你受到赞扬……记忆里始终有，但此时才被激活。

再次来琉璃厂，寻找《汉隶曹全碑》，但找遍各个书肆，包括荣宝斋，也没找到当年老梅送我的版本。同时想跟荣宝斋的人打听一下老梅的情况。但最终不得而知，我也没再过深地打听。四十多年，老梅当年有六十吗？不，不打听了。老梅“文革”一结束即搬离了我们院，无声无息，具体哪年想不起来了。当年老梅送我的《汉隶曹全碑》款式瘦长古朴，现在也有若干版本，却没有一种是当年的版本。那个版本不知是否是老梅的家传？如果家都抄了，还有什么家传？幸存下来的？对老梅有太多的未知。慢慢地在“故乡”的路上，一家一户，总算在一个小店找到接近的一个版本，权充当年。

回到家沐浴、更衣、焚香——一如当年的烟。重临四十年前的《曹全碑》不禁怀想当年简括古朴的版本，如同怀念一种岁月，怀念自己，怀念当年的小院。现在是楼房、阳台，能看见远处的云，类似在空中。别说地气，树都难见，还能回到那青砖小院吗？还能在小院当中临，甚至到无人的房上临吗？小院早已经消失，连胡同都已经消失了。胡同不存，安有小院？

皮之不存，毛将焉附？

有一天，又去了琉璃厂买纸，一抬头，迎面从荣宝斋走来一个老人，竟是百岁老梅。但梦也一下醒了。梦中的老梅吸长烟袋，鹤发，却非童颜，黑斑已完全连成一体，与鹤发黑白两重天。老梅邀我去他的古色古香的店，说他店里当年的《汉隶曹全碑》。这是前梦，如果考古发掘的话。

现在，每天晨起临帖，感觉越来越回到童年。

童年我很老，现在则年轻，一如这城市。

毛主席去安源

琉璃厂、荣宝斋常常并称，我不记得卖毛主席像之前的荣宝斋，自然也不怎么记得古色古香、文人字画、古董文玩的琉璃厂。整个记忆一开始就是主席像、语录、选集、像章。1966 年我不过七岁，七岁之前没有什么像样的记忆，何况 1966 年史无前例，即使有早年记忆也被“全国山河一片红”的 1966 年覆盖，摧毁，就算“记忆考古”也很难“考”出什么“文革”前的记忆。如果生命始于记忆，那么我生命的一开始就是“文革”:大字报、红宝书、像章、口号、集会、游行。我不理解这一切，这一切对我来说就是庞大的背景，是生长的土壤。但在这一背景下仍存在着边缘的生命，生命本身的东西。毕竟还太小，原始的东西还多一些。

印象特别深的一点变化，应该是 1970 年或稍晚，荣宝斋翻盖过一次。别的店都歇了，或贴了封条，荣宝斋反而扩大了，占了琉璃厂小半条街。翻盖后为水泥框架，属现代建筑，有点极简的味道，一长溜所有房子都通着，从这头进去再从那头出来，差不多就到了琉璃厂十字路口，中间只隔了一个饭馆。饭馆在十字路口把角上，对面是东琉璃厂、海王邨、中国书店。那时中午放学我没少在这家饭馆吃饭，最常吃的是炒饼、炒疙瘩，分素炒肉炒，素炒五分钱一两，肉炒不知道，极少吃，所以记不得了。

小学、初中都经过琉璃厂，上下学总是穿荣宝斋，打打闹闹，嘻嘻哈哈，你推我搡，突然加速，很招工作人员烦，也招革命群众烦。我们又小又野，几乎像耗子一样，常常后面一片骂声。横扫一切，砸烂刘少奇的狗头，革命不是请客吃饭，不是做文章不是绣花绘画，各式各样、各种款式的像、像章，挂着的、吊着的、摆着的、柜台上的、柜台下的，大大小小，满目金光。各种款式的语录、选集、大字报纸、传单纸，赤橙黄绿青蓝紫，巨幅漫画——从天而降的无产阶级铁拳之下，刘少奇以及一堆蟑螂一样的小人惨叫……

> 小小寰球，有几个苍蝇碰壁。……四海翻腾云水怒，五洲震荡风雷激。要扫除一切害人虫，全无敌……

但这一切似乎与我们无关，听不懂，我们鼠窜，推搡着人群，钻着人缝儿，一溜烟从荣宝斋的这头冲到那头，到了饭馆处才停下。每次都特别好玩，路好像一下近了许多，人群是我们的迷宫，哪管什么像章，哪管这是成人世界的庙堂。不管是什么堂都挡不住孩子玩，抽了疯似的鼠窜。

不过也有一次，追逐打闹中我们突然驻足，看到了不一样的东西，不一样的毛主席，《毛主席去安源》，让我们一下怔住了。让我们这些鼠窜的孩子怔住可不容易，对于那时的一切我们既无知又“审美疲劳”，我们看惯了挥手的、坐着的、站在海边的、抽烟的、天安门城楼上的、麦田里的、少先队员中的……统统红光，彤云高照。这一次不同，暗绿的色调，山雨欲来风满楼，如果不说是毛主席还以为是旧时代一个普通的年轻人，穿着旧式的长衫，拿着一把普通人的伞。相信那个时代所有人乍一见都一怔。

这张像一时风行，人人喜欢。

据统计这张像印了有九亿张。

人们为什么喜欢？当时是无法解说的，或者也无力解说。现在，多少年后回过头来看，显然多种因素让人一怔，让人喜欢。

首先是相对的“普通”人的形象，毛主席也有拿伞的时候。哪有大救星拿伞的？然后是穿着旧式长衫，有种历史感，而那时已消灭了历史。再有，过去永远是太阳，是“红、光、亮”，去安源则是“蓝、阴、暗”，那种蓝色调让懂行的人想到毕加索，确切地说是想到毕加索的“蓝色时期”。《毛主席去安源》作者是刘春华，而刘春华的老师是吴冠中。以吴冠中这样的色彩大师当然不会不知道毕加索，学生自然也知道。

此外，构图事实上也有来历，上世纪八十年代初叶浅予先生便写文章评论称《毛主席去安源》：“其构思、构图，甚至用色，无不脱胎于意大利文艺复兴时期。”说到了根本。画者刘春华画这幅像时，正在中央工艺美院读书，在创作前的草图观摩会上，一些革命同学指斥刘春华：你的画是黑云，你敢这样画，我们就批判！刘则坚定地说：你们准备批判稿去吧，我这样画定了。这种态度也可隐约见出吴冠中的性格。

刘春华原是准备挨批判的，他完全没想到这画一问世，便红遍大江南北，举国上下到处是《毛主席去安源》，印了多达九亿张。或许还不止这个数，因为它后来几乎是毛主席的标志，多种器物上都印有这张像。毫无疑问，它的主题并没超越时代，但它的艺术语言无疑超越了当时。“普通”的概念超出了偶像概念，异质的色彩、长衫、布鞋刷新了司空见惯，以至连我们这些鼠窜的孩子都要一怔。某种意义上画面画的是谁已不重要，重要的是怎么画。换句话说，对这幅画，意识形态已不重要。

当然了，一切都是相对而言，正如一滴水之于沙漠与之于大海不能同日而语。在“沙漠”上我凝视着蓝色调，甚至“蓝色时期”，虽然无明，无法言说，但某种基因的东西已注入潜意识。当然，我们此后依然窜来窜去，甚至变本加厉，越来越生猛——但无论如何有了一种休止，一种片刻的怔，其意识像有些种子无声落地。看上去消失了，但真的消失了吗？

尼克松

荣宝斋又有了字画，并不一定非要等到1976年10月，多数事情要等，但历史有时颇有趣，想不到有些因素会导致不同。比如尼克松访华，为了应对这位美国总统，中国的很具体的历史居然为他做了某种调整，那年毛主席像章、像，公然但却以哑剧的方式退出荣宝斋，当然，留了著作专柜，这点毋庸置疑，但整体格局变了，仿佛换了时代。当然也没恢复到“文革”前状态，是一种中间状态。醒目位置有了郭沫若的字，徐悲鸿的马，叶浅予的少数民族人物，吴作人的藏地背水女，以及林散之、赵之谦的字。有了金石、卷轴、文房四宝。整个荣宝斋的调子为白、灰，墨色周正、淡雅。

这个变化非同小可，没有巨大的力量，谁敢做出这种改变？当然不是针对国人，是针对1972年尼克松访华后的外国人，国门稍启时常有外国人到访琉璃厂，荣宝斋成为少数的对外窗口。其他还有友谊商店、华侨商店，外国专家俱乐部。相应地也是在那之后，北京出现了外汇券。外汇券是一种特殊的币，少数人才有，用外汇券可以在一些特殊地方买到市面上买不

2014. 04. 29

北京老胡同

在镜头里，大人总是眉头深锁的，唯有小孩是恣意快乐的，“童真”就像韶光一样，稍纵即逝。

——陈惜惜

到的特殊东西。

“红色”在这些地方大大淡化，甚至有了些西方化的东西。一般中国人不能进，只有外国人或拥有特权的中国人才可进。“文革”话语与现实本身出现了严重的不符，前者变成了空话。现实出现了潜规则的东西。潜规则或者说另一套规则，对主流话语是致命的，它表明“红”的表面是好的，其实还是“白”的好，粉碎了某种东西，在深层上让人产生了严重的分裂感，甚至一下陷入深刻的自卑感。中国人不能进，至少普通中国人不能进，洋人高人一等，某种意义上一下回到1840年后的心态。

虚无。假话。某种意义上尼克松的访问催生了中国后“文革”时代。或许尼克松没想到他带来的东西，或许想到了，谁知道呢？

这种还原若具体到一个十三四岁的孩子，分裂感倒还在其次，主要是对荣宝斋的变化不解，不适应。首先我拘束了，再不能像过去那样追跑打闹、鼠窜地穿越荣宝斋的多个房间。我们只能静静地有些胆怯地穿过。这还在其次，更主要的是看不懂“传统”文化，不像各种毛主席像一看就明白。水墨是雅的，非写实的，凡雅都高格，冷，与现代色彩不同，本质上与孩子格格不入。加上满脑子“下定决心，不怕牺牲”“一不怕苦，二不怕死”“提高警惕，保卫祖国，要准备打仗”那样的语言，对于林散之的字、赵之谦的字完全看不懂，匪夷所思。至于徐悲鸿的马我盯着看多少回每次都弄不明白，那些瘦骨嶙峋的水墨的马到底什么意思？好看吗？可为何如此巨幅庄严地悬在荣宝斋一进门最显眼的地方？那时城里还常走马车，我觉得任何一匹现实的马都比徐悲鸿的马好看。关键是，徐悲鸿的马还不像马，哪儿有这样的马？我为自己的不懂感到愤慨，感到被蔑视。说是给外国人看的。外国人喜欢。外国人。

荣宝斋的字画不但没有形成熏陶，反而形成了压抑。

还有郭沫若手书的“含英咀华”印象也特别深，它镶在荣宝斋中间一个垂花门的门楣上，只要穿荣宝斋必看见无疑。每次看都觉得难看，然而又高高在上，久而久之对于不懂又高高在上的东西便产生了一种冷漠，甚至敌视，这后面是深深的自卑。自卑与冷漠长久会形成一种混合的心理障碍，因此即使在穿越荣宝斋的同时，有两年我坐在院里的小板凳上临过一种古帖，也一点不觉得与荣宝斋有什么关系。我觉得完全是两回事。

后来我离开了前青厂，离开了琉璃厂，有相当长时间忘记了前青厂、琉璃厂。特别是又去了西藏，种种原因西藏对我以前的生命的覆盖是无与伦比的，我的人生也发生了天翻地覆的变化，当有一天我得到鲁迅文学院常务副院长白描先生的一幅字，才又跨过近四十年想起琉璃厂，想起徐悲鸿的马、赵之谦的字、吴作人的画、康生的“文渊”与郭沫若的“含英咀华”。不用看，在想象中已完全认可。我来琉璃厂裱字，此时再看徐悲鸿的马，百感交集，如同流浪的人归来，与荣宝斋终于有了一种跨越四十年的和解，心竟有些潮湿。少时不再，如今已是两鬓飞白。

照相馆

现在的琉璃厂，是八十年代初改造后的样子，以前没有现在这样的砖木二层小楼，就是一些老平房。以前店里大多也没有柜台、收款台，一进门四壁书架，或文房四宝，物品附有标签，上面写着品名和价目。里间屋的临窗，通常有一张榆木擦漆的八仙桌，桌两旁是太师椅，壁间悬挂着对联。

琉璃厂书肆的形成与明代迁都有关，至今已有七百年历史。永乐年间科举制度重心移往北京，外省学子竞相进京赶考，至嘉靖三十二年修建外城后，琉璃厂圈在城内，而定居在此的官宦拥有大量图书古董，赶考的举子们纷纷前来或求借书籍或欣赏古玩，书籍与文房四宝的买卖亦随之兴盛。到清初北京实行“满汉分城居住”，汉人只准居住在南城，于是推动了南城文化兴盛，迷恋琉璃厂文化氛围的文人墨客和当时的汉族官员多择居于此，有眼界的各地书商便纷纷在这里设摊、建室，出售藏书。到康熙十八年，北京的书市和古董市场大多迁到了琉璃厂。生活与文化杂糅，市井与百业俱兴，尽管也经历了各样兴衰，历史风貌一直并无大的变化，直到改造成一条所谓的琉璃厂文化街。

上世纪八十年代，琉璃厂没有修旧如旧，而是推倒重来，驱逐了“文化”中的“生活”设施——银行、照相馆、饭馆、理发店、菜店、食品店、修车铺，统统消失，连续建成了现在砖木仿古二层小楼，倒是很像一条想象中的宋代古街。然而殊不知古街是“生活”出来的，不是“建”出来的。文化是杂生，繁衍而成，没了生活，规划出的“文化”死气沉沉。现在琉璃厂为什么衰落，死气沉沉，皆因荣宝斋、汲古阁、戴月轩、萃文阁、槐荫山房是市场，不再是生活，是道具，而非文化，游客与街互为道具，所谓古街，似是而非。不是不许变，别把生活的底蕴变没了。现在别说游人，就是我，走在这条仿古街上，都感觉自己是这街的道具。

当然了，似是而非，没人知道以前怎样也罢了，有时时间长了假也构成了时间、历史、真实，很多时候我们的历史不就是这样构成的吗？现在还有多少人知道琉璃厂不真实？只是我还尚未走出历史，知道小时琉璃厂至少建筑上的风貌，总想去一下小时去过的中国人民银行，存一块钱开一个折子，或去一下副食店、百货店买几支烟，一盒烟，买点曲别针，理个发，吃一盘炒疙瘩、素炒饼，照个相。说起照相馆，琉璃厂可是有些故事，某种意义上中国的电影便诞生在琉璃厂一家照相馆。一个研究北京文化的学者告诉我，当年这家照相馆名叫“丰泰照相馆”，老板叫任庆泰。同治九年，任庆泰在奉天一家照相馆中当伙计，后到了上海，在一家照相馆做镜框活儿。

老学者告诉我，这家照相馆是个法兰西人开的，任庆泰在那儿偷学了一些照相技术，那时他还没想到不久将会成为中国电影第一人，会拍摄中国第一部电影。想不到中国第一部电影不是诞生在上海而是在北京，是琉璃厂，我非常惊讶。琉璃厂太有趣了。同治十三年任庆泰到日本深造照相业务，到了光绪十八年（1892）回国，在琉璃厂开办了自己的照相馆，有技师、学徒十余人，兼营照相器材。到1905年，老学者说，世界电影已开始了十年，中国人也已有了近十年的观影经验，无论卢米埃尔的纪实短片还是爱迪生的新闻、滑稽纪录片，布莱顿学派的社会片，以及梅里爱所强调的戏剧式电影，任庆泰都看到了。任庆泰是一个技术派商人，除琉璃厂的照相馆，还经营着大栅栏的"大观楼"，放映的也都是舶来品。观影日久，任庆泰深感"所映影片，尺寸甚短"。任庆泰决定自己拍片。经过一番筹划，在一个阳光如镜的午后，任庆泰用一架法国制的手摇木壳摄影机，在琉璃厂一个露天空地上，请来了当时的京剧大师谭鑫培现场表演，他来拍摄。谭鑫培表演的是代表作《定军山》，电影虽然无声也没锣鼓点配合，且只有短短几分钟时间，但是就这短短几分钟的影片在大观楼放映时引起轰动，一时万人空巷。

在《定军山》的拍摄中，任庆泰策划、指挥了整个拍片过程，包括演员和机位的摆布，尽管中国当时还远未出现"导演"称谓，对导演工作的职能也全不了解，但事实上任庆泰在拍片活动中所充任的角色可以说是中国的第一位导演。而从电影史上来看，任庆泰选择谭鑫培表演这样一个看似偶然的决定，实际上也代表了中国电影的兴起，且一兴起就汇入了当时的创意与实验的世界电影主流。差不多要到四年之后，中国民族电影才在上海兴起，因此，有学者说任庆泰也被称为中国电影之父、中国电影第一人。

如果遥想当年，当时也建所谓文化一条街，也只允许书画文玩，不让有别的如生活的存在，比如照相馆，那么琉璃厂还能诞生偶然的（也是必然的）中国第一部电影吗？琉璃厂有文化，但不一定排他，排他的结果会缺少自然的活力与偶然性。近年还听说过琉璃厂有什么活力吗？它活在模糊不清的“历史”中、具体的买卖中，许多年了，就是这样。

胡　同

胡同口总是热闹的：修鞋的、修自行车的、药铺、日杂铺、早点铺、烟酒铺……早点铺的炸油饼一个六分钱，一两粮票，不交粮票加八分。交八分也不舍得交一两粮票，那时粮票比钱金贵。中午早点铺更丰盛一些，有馒头、大火烧、糖火烧、焦圈儿、豆包、芝麻烧饼，中午下学如果不在琉璃厂把角的饭馆吃炒饼，就在这儿买两个大火烧，连焦圈儿也不舍得买（一般是焦圈夹在大火烧里吃）。吃饭馆少，这种凑合时多。回到家一边啃大火烧一边听小说连播。但我极少买过早点，不知为什么几乎从来没有早点意识，早晨一起来就上学去了，甚至连口水都不喝就走了。

烟酒店与早点铺斜对着，占了俩街角，另外两个街角一是修车的，一是日杂。日杂是个二层小楼，有半圆的窗，正对着烟酒店。但我们却管烟酒店叫“小楼”，总是说到小楼打点醋去，买包烟去。生活有时就是这样决定着语言。大礼拜父母回来，每每我都要被父亲派到“小楼”去打酒，有一毛七一两的、一毛三一两的，前者是二锅头，有品牌，就算好酒了。后者是杂酒，父亲喝得最多的是这款杂酒。从没买过整瓶的酒，都是在

2014.07.15

北京老胡同

曾经的亲密，如今被丢弃，被遗忘在光影之中，安静而无用。

——陈惜惜

坛子里打散酒。那时就连烟也零着卖，买一根几根都行。青梅酒不放坛子里，而是放在一个大透明玻璃瓶里，又好看又甜。小店东西应有尽有，光要本儿（副食本）的就有油、芝麻酱、粉丝、粉条、碱，更不消说黄酱、咸菜、熟食。熟食就有粉肠、蒜肠、小肚。给父亲打酒有时就加上一两片小肚，从不多买，更多时家里有什么就是什么。哥哥插队去了，回来探亲常派我去小楼买烟，买得最多的是一种“曙光”牌子的烟，金光闪闪。

胡同口自然是由四条胡同组成，说的这个胡同口就是由前青厂、琉璃厂、南柳巷、北柳巷构成，“小楼”是琉璃厂西头，早点铺是前青厂东头，同时也是南北柳巷尽头。这样的路口是北京的基本单元，北京大体就是由无数这样的小结构变成了一个大结构。局部大同小异，整体又如迷宫，很符合分子结构的特点。我太熟悉这些链了，生于斯长于斯，我就是这链上的浮游生物。比如过了胡同口，再往前走，是西南园胡同，进入西南园后又是一个复杂的链:胡同口正对着椿树医院，是个“丁”字形结构。“十字”与“丁”字形是北京胡同街巷基本的单元，无限重复却又无限变化。西南园胡同另一方向通向后孙公园、西草厂、魏染胡同、骡马市、果子巷、陶然亭……直到护城河才算结束。所谓城池——有城必有池——见到护城河才理解了何为城池。

药铺在北柳巷把角，挨着早点铺，一个小学同学的父亲就在里面卖药，父子俩长得太像了，连笑都特像。我在药铺买过山楂丸、塔糖，我哥哥1960年饿得也在这儿买过大药丸子吃，说是挺解饿。都浮肿了，药丸子不再治病而是治饿——我哥哥说这话的表情历历在目。

琉璃厂南边，与其平行的一条胡同叫琉璃巷，中间连着许多小胡同，每条都是我上学的路。从家出来，过了前青厂，进入琉璃厂，不远右手边就是西南园胡同，出西南园左转即琉璃巷。孩子天性不喜欢直、宽，喜欢变化，哪怕绕一点路也愿走变化多端曲里拐弯的小胡同，每次不管已多熟悉都像又走了一次迷宫。当然，也不是一概而论，也有特殊情况，胡同太复杂了也不敢走。比如琉璃井胡同，我们俗称“九道弯儿”，我就很少走。

“九道弯儿”并不长，却堪称北京同等距离内弯儿最多的胡同。此外胡同窄，最窄处对面来人得有一人侧身贴墙方可通过。可见这样有多危险，不要说坏人就是高年级欺负低年级这时可真算是正着，更不要说男生与女生。胡同里自然也有人家，白天都大门紧闭，窗户打着铁条，偶有人从院里出来也是匆匆忙忙赶快把门关死。这且不算，更让小学生胆寒的是墙上时有流氓话和画，当然不是我们琉璃厂小学人画的，我们还没这个本事，是四十三中人上学时写的。四十三中与我们小学斜对门，我们院以及我们那一带的中学生很多上学走“九道弯儿”。中学生走的胡同以及那些“流氓画”吓住了我们，吓住了一只羊也就吓住了一群羊。特别是在那个“红色”年代，“黄色”同样是大逆不道的，不同在于后者非常诱人，我同一大帮十几个同学走过几次“九道弯儿”，就是想看看墙上到底画了什么，写了什么，结果已被涂掉，只模糊看到“姑娘”二字，不知何意。直到小学五、六年级，好像快毕业了，我才独自走过一次“九道弯儿”，算是一个准成年礼。

过了“九道弯儿”，再往前是铁胳膊胡同，也是上学的路。因为有一点回折，我们不太愿走这条胡同。而且，从前青厂走到铁胳膊也有点长，因此在通往小学的五条胡同中，平常走得最多最习惯的是小西南园胡同。小西南园胡同位于前面提到的西南园与“九道弯儿”之间，是让我至今回忆起来感到最亲切的胡同，承载了我六年的时间。小西南园胡同朴素、简至，弯儿不多亦有曲折变化，有正常的窗，开着的院门，院里的树冠有时会掠过胡同上空覆到邻院，头顶一片树荫，鸟儿鸣叫，唧鸟诱人，总想抓个一两只。特别是下学的时候，出了小西南园，豁然就是琉璃厂，并且已望见前青厂。

琉璃厂小学

2010年，我去过一次琉璃厂小学，与看门的人聊了几句，得知我四十年前在这儿读书，放我进去了。我带着摄像机、相机，举目四望，却完全找不到当年我上学的模样。甚至找不到一棵原来的树，一切都消失了。满眼就是一个四四方方高大的实用教学楼，将所有年级的学生一网打尽，可能还包括老师的办公室、校长室、教务处。过去没这个楼，有几个院子，高年级低年级分开，院子都哪儿去了？毫无空间感。

一切都太实用、太集约了，还有比集约化的笼子更集约的吗？我不能不想到郊外一些场景。我的学校在哪儿？这不是你的学校，为什么你的学校非要给你留着，不许发展？发展，让我无话可说。那就看看天空吧，或许天空还能让我想到早年，但是天空也变了，不是原来的教学楼怎么可能是原来的天空？我有点后悔故地重游，感觉已没有故园。

记忆中的琉璃厂小学，是一个历史的存在，青砖灰瓦，木质楼廊，院落错落有致。原名洁如小学，成立于1946年，上海也有个洁如小学，不知两者之间有什么关系。记忆中的阳光分布于三个不同空间：一进大门的长过道，过道右边一溜青色砖墙，中间有个月亮门，里面是个丁香或藤萝小院，是教师备课的地方。另外还有一个教师食堂，我在这儿吃过饭，一般不让学生吃，但我情况特殊。过道的左侧是传达室、教育组和一个大音乐教室。音乐教室为长方形，教室外墙对着操场。过道尽头迎面墙上是毛主席的“好好学习，天天向上”几个白底红色大字。这个教导同样挂在每间教室黑板之上，中间是毛主席的标准像，是教室的标志物。从教导处往左拐，右手边又是一个小院门，有若干台阶，凸出的门楼像一个小庙。

或许早先院内就是个庙也未可知，北京占了庙宇的小学可是不少。院内有两排古色古香的教室，每排都有四五间，砖木结构，棕色格窗玻璃，这儿是低年级部分，即小学一、二年级在这儿上。小院也有个小操场，可上操，上体育课，最北头有个小门，小门正对着琉璃厂的铁胳膊胡同，平时不开。铁胳膊胡同一侧是音乐出版社，建于 1922 年，是琉璃厂这条街上的最高大建筑，四层楼，巴洛克式建筑，楼顶有白色的装饰柱，正中标有“1922”，那时完全不理解这几个阿拉伯数字的意义，多少次盯着看也不解，脑子里无历史，根本想不到是建筑时间。过了小院，往前走是学校的大操场，四方的主席台，全校师生大会通常在这儿开，诸如学习毛主席著作积极分子代表大会、忆苦思甜大会，毛泽东思想文艺宣传队节庆表演，忠字舞，“拿起笔，做刀枪”，主席台领跳，全体师生下面跳。

如果平时不开大会，就是体育课：短跑、跳箱、跳山羊，或是练队。操场的西头是一栋旧式教学楼，有两层，站在楼上可以看对面的北京第四十三中学。这楼是四、五、六年级的教室，从低年级小院出来我一直在一层，从没在二层上过课，这一直是我最大的遗憾。有时上到二层向外张望，真是心旷神怡,浮想联翩。二楼是一楼的楼顶,在院里我就爱坐房顶上看世界。不能想象在这片低矮的平房区域我坐在二楼靠窗上几年小学，对我后来的文字生涯有着怎样的影响,院里房顶的枯坐已影响了我,那么有这么多同学,不再孤独，却依旧发呆地向外张望，是否让我比现在阔大?

操场南边是学校围墙，中间也有个门，从来不开。有时站在门边不由得就向二楼张望一下，两个动作并无明确意义，只是多年无意识的习惯。凡有围墙都有监狱意识，福柯把监狱、学校、医院放在一起讨论不是没有道理，但我的那种无意识的张望如果不读福柯会被意识到吗?人类有着太多潜意识的东西，中国人也一样，只是我们总要借助别人才能发现，这点我不知是怎么回事。仿佛我们天然不行，真的不行吗?有人说我们不擅长这个，那么我们擅长什么?我在小学大门前偶尔地张望不是一年两年，它们背后的有些东西也应该被中国人解读出来。

操场北边的主席台两侧还有一些教室，其中一间是乒乓球室，一间音乐教室，以及校文艺宣传队排练室，对我来说异常神秘，因我几乎从未有缘进去过，每次忠字舞或《红色娘子军》或《草原上的红卫兵见到毛主席》或《北京的金山上》诸如此类节目的演员，都是从两边神秘的教室跑出来，跳上舞台，二龙戏珠状分开，或做骑马状，或做握刀持枪状，或做洗衣状，表演完冲下台回到教室。完全没我的事，我只是操场坐着的无数人中的一个，永远在下面望着主席台，从没正式上去过。那些有幸经常上台的人一定充满了回忆，无论表演什么都是他们快乐的舞台，而这舞台对我只是一个六年的固定场景，几乎没有回忆，相应地，我相信他们的围墙意识也比我差些。

东边——当然已是想象中的东边，现在已不在了——即前面提到的长方形大音乐教室的外墙。和一般的教室不同，这段隔着巨大操场的外墙是我小学时候注视得最多的墙，墙上有窗，而且很奇怪的是，它不像别的教室窗户一般都很大，它的窗子很小，加上阳光总是很强烈、很空旷，以致窗子显得很神秘，常常不觉间就把我吸引过去。

里面椅子整齐，有钢琴或准确地说风琴，带踏板的那种，一踏起来呼呼响。或许这里原是个小教堂也未可知，我没考证过，也再无从考证。同样奇怪的是我从未在这儿上过音乐课,甚至从未进去过。后来,在我毕业前,这里改成教育组，一些吸烟打架的孩子会被叫到这儿受教育，或者需要警告谁恐吓谁也会叫到这儿，这倒与我在操场上的感觉相符。教育组是那时一个很强大的机构，它占据了一个音乐殿堂或更早的天主教堂倒是自然的。

课桌是老式翻盖的，解放前就有了的，陈旧的木纹，有许多年深日久的划痕、斑痕。有铅笔的、钢笔的、圆珠笔的、铅笔刀的，最多是铅笔的，层层叠叠如同年轮。还有指甲痕，我也曾填上过，还有叫不出名的痕，总之学生有的东西都会烙印在课桌面上。侧面、背面、里面也有，通过这些复杂的痕就可以看出一个小学生度过漫长的课堂岁月多么不容易，因为有时真的是那样漫长无聊，一个乏味的老师，一个没吃早点的上午，惦念一只猫、蛐蛐，诸如此类，划痕有时完全是出于无意识，是改不掉的小动作。

如果老师讲课精彩——当然也有个别的精彩，怎会有小动作？如果课本有趣，怎会有小动作？这么多划痕不是岁月问题，不是时间问题。除了划痕，也有认真的涂鸦，比如一个年久头像，看不出年代、历史、时间，却又可能指向任何一个时代，木纹划痕，一代代、一层层，对每个新生都暗示一种无言的东西，一种归属，一种必然，一种第一天就会发现这里将太漫长了的感觉。

快九岁了我才到这里上学，那时上学没家长送，就是院里几个孩子一起走，书包在身，毛主席像章在身，绿上衣，红宝书，像那个时代的小变形金刚，就这样，我们这些“小变形金刚”在一个早晨走出院门，在无限重复的阳光中，如提线木偶开始了六年旅途。

2015.04.13

北京老胡同

凝望着镜子，寻找自己在创世纪前原来的脸孔，希望还有时间准备，和别的灵魂相遇。

——陈惜惜

忆苦思甜

从某种意义上说，下面这样的教育，现在看来，很显然，无论方式还是内容都是一种智障教育。通常老师读一句学生读一句：爷爷八岁去讨饭 / 爷爷八岁去讨饭，爸爸八岁去逃荒 / 爸爸八岁去逃荒，今年我也八岁了 / 今年我也八岁了，高高兴兴把学上 / 高高兴兴把学上。爷爷八岁去扛活 / 爷爷八岁去扛活，爸爸八岁去挖煤 / 爸爸八岁去挖煤，今年我也八岁啦 / 今年我也八岁啦，高高兴兴上学堂 / 高高兴兴上学堂……

我希望读这篇文章的读者真的读一遍，别怕重复，唯其重复才更能体会出一种开蒙的智障教育。 开蒙又智障，看起来矛盾，实际上是统一的。事实上要的就是这种统一。认识了字、词、句子、排比、复沓，你不能说这不是开蒙，是白纸上写下的最初的句子，但在意义上又不是开蒙而是智障，唯此有些东西才异常坚固。

相应地，语文老师布置的作文也一样。

1969 年学校第一次组织去八宝山扫墓之后，老师布置了一篇写扫墓的作文，主题非常明确：忆苦思甜，喝水不忘挖井人。作文写出后，老师在课堂上讲了一个女同学文中两处错误，一个是语法错误：“我们走在扫墓大街上”，我们听着是有问题，都笑。第二个哄堂大笑，那个女同学引用课文，把“八岁”写成了“八万”。变成了“爷爷八万去扛活，爸爸八万去挖煤，今年我也八万啦，高高兴兴上学堂”。

事实上这是个并不奇怪的错误：如果说把一个“岁”写成“万”还是错误，连着把三个“岁”写成“万”，还是错误吗？显然是有意识的，但这有意识又有着无意识成分。那时“万岁”喊得太多了，“万”和“岁”紧密连在一起，几乎不可分割。似乎“万”就是“岁”，“岁”就是“万”，可见那时一个孩子的大脑之一斑。女同学从此落下一个外号：八万。笑归笑，外号归外号，实实在在的是历史叙事已铸成，不可动摇。笑并不解构内容，相反强化了某种认知，那就是：爷爷八岁去扛活，爸爸八岁去挖煤……

学校组织过若干次“忆苦思甜”大会，吃“忆苦饭”，很是“仪轨”化，通常请一个苦大仇深的老人做报告，证明过去“万恶”“一团漆黑”，然后集体泪光涟涟地唱：天上布满星，月牙儿亮晶晶，生产队里开大会，诉苦把冤申。万恶的旧社会，穷人的血泪仇，地主鞭子，地主鞭子抽得我血泪流，可怜我那孤儿，把命丧……

操场的三轮车上拉着许多笼屉，忆苦饭已分发到各班，一个个孩子捧着一个个黑乎乎热腾腾的面团，类似窝头，但十分松散，须两手捧着，像捧宝贝一样小心，不然一下就散个了。看上去很新鲜，老师一声令下“吃”，哇，完全不能下咽，就像吃锯末。后来听说部分食材就是用锯木厂的锯末，经过碱处理。这回人们亲口知道了旧社会，旧社会原来就吃这个，这是人

2013.04.28
北京北五环

回到原地，却再也找不到从前了，只留下你长长的影子和我无言相望。

——陈惜惜

吃的吗？太万恶了！但是必须吃，谁也不许吐掉，咽不下去，最终还是咽下，几乎窒息。越吃越恨旧社会，从精神到物质彻底了解了旧社会，万恶的历史。都是十一二岁的头脑，发育的头脑，就像刻刀在小树上一样，此时写入什么就刻下了什么，“历史”铸就。虽然许多年后“忆苦思甜”被当作笑谈，许多笑话与此有关，如有人忆的实际是1960年，但笑归笑，刻在树上的东西涂抹不掉。比如历史的割裂感，如刀一样刻在我的记忆中，长成一个很大的疤。某种意义上我们这代人都是疤痕体质，难看而又敏感。

比如历史的割裂感就是一种疤痕。历史本来是延续性的，非要一刀两断。当我们长大成人，知道了历史并非一团漆黑，却无法抹去重镌，知性与感性不兼容，构成我们的疤痕体质。当七十年代末有关历史的知识崩塌了，历史也随之崩塌了，怎么不感到一种巨大的虚无？哪怕后来发生了天翻地覆的物质变化，我也仍涂不掉脑子里刻下的疤痕，疼痛仍然存在。

这疼痛便是我对历史没感情，这非常要命。

尽管后来在一定程度上慢慢恢复了历史的本来面目，但是由于对历史没感情，有些东西并未解决，还在起着相当的作用。一定意义或相当程度上，我们现在的所有混乱与没有底线，都和当初历史的割裂有关。历史断裂了，有序积累的价值观也断裂了，如果历史是虚无的，现实一定是虚无的。“民国热”一定意义上是对“忆苦思甜”的修正，试图接续历史，找回丧失的东西。不仅过去“忆苦思甜”时我们在丧失，即使新的物质极大丰富的情势下我们依然在丧失，感到许多东西荡然无存——“民国热”隐含着我们需要中国有史以来延续下来的那种稳定的价值观、谱系，但因为早年割裂式教育，无论别人怎样美化民国，我对民国都没感情。

不光是对民国，对整个1840年以来的历史都没感情。没感情的疤痕背后是早年刻下的历史的屈辱与黑暗，不是军阀混战，就是“万恶的旧社会……诉苦把冤申”，我的大脑沟回与这些感受长在一起，很难从感情上再写下什么。没感情，历史在我身上就难以真正延续。

比如刘少奇先生，从理性来说后来知道他很冤，也很伟大，相对于毛泽东更懂经济，会按经济规律办事，更像执政党领袖，知道如果延续刘少奇的道路，中国的许多事情现在都非常不同，但这是理性认识，感情上却是排斥，开蒙刻下的“叛徒、内奸、工贼”别说抹不掉，依然在记忆深处触目惊心。相应的还有童谣“刘少奇，是我的驴，天天上学让我骑”。大鼻子麻脸的漫画，无产阶级专政铁拳下像蟑螂一样渺小的样子，这些加在一起，感性与理性上很分裂、很虚无、很冰冷。谎言教育的结果最后就是分裂。

同样对“民国”也一样，对清朝，甚至整个中国历史都一样，因为整个中国历史被描述为阶级斗争史、仇恨史。特别是对一个写作者来说，没有正常的感情就没有想象力，而感情的奠基则源自童年，童年经历决定着一个人对世界的想象。“过去”是写作重要的一翼，但是我没有这一翼。我为什么是一个强烈拥抱现实的人，写作也都指向现实，实在因为我没有“历史”。一度我曾经想进入民国或某个朝代的叙述，却不得门径。理性的重建可以，知识的重建可以，但感受无法重建，一如童年无法重建。福山1992年谈到了“历史的终结”，我们要早得多，至少在我身上，“忆苦思甜”就已终结历史。

小人书

终结历史的另一种方法是禁书。废黜百家，独尊儒术，历史上我们不是没有过，但是没这次干净：锁定于一本红宝书，每人一本。红宝书放在胸前或拿手里摇，上至林彪、周恩来，下至黎民百姓。这是一种怎样的情形？老百姓也就罢了，当我看周恩来当着毛主席面摇，觉得非常怪异。无论怎样禁书大人们还有以前的阅读记忆，我们一开蒙就是红宝书与红色的课本，加上忆苦思甜，只有现在，没有历史，成为我们大脑最初的构成。已有书怎么办？抄家，焚烧，付之一炬，封存。这些也不说了，说出来毫不新鲜，但如果说我们的早年，就无法不说这个，换句话说，当一个人与历史过于同一，当你叙述自己就是叙述历史，叙述历史就是叙述自己时，人就不存在了；公共事物完全将个人空间挤占，公共语言完全替代了个人语言，的确史无前例。

我们经常上街游行，有节奏地喊：打——倒——美帝，打——倒——苏修，边喊边跺脚，边跺脚边喊，都是教好的，整齐划一，一队队偶人，比现在的动漫还吓人。后来读艾略特的《空心人》常常陷入回忆。

我们是空心人
我们是填塞起来的人
彼此倚靠着
头颅装满了稻草。可叹啊！
我们干枯的嗓音，在
我们说悄悄话时
寂静而无意义
……

不用解读、阐释，直接就是我的童年。如果用诗学解释，反而像长了一层锈一样，陈旧而多余。诗应该就是生活：一目了然。只是我们自己的生活总是被远隔重洋的人写出来，让我既惊异又悲哀。无论如何不堪，多么空心，这是我们的生活，我们的。我们的生活为什么总让别人写出来？《城堡》也是这样，卡夫卡对我们一无所知，跟我们毫无关系，可他怎么又那么了解我们？我们的生活如此不堪却被别人写成了杰作。

1980 年，我上大学时最初接触艾略特、卡夫卡，就是这种再次丧失的感觉，我觉得我们白活了，如果说荒原的荒诞是我们唯一所有，现在连这个也不再属于我们，而属于艾略特或卡夫卡。我们荡然无存，一无所有，被双重剥夺。剥夺了两次，难怪后来崔健唱的歌时代感这么震撼。

太震撼了，因为是我们的写照。

小学六年别说字书，我甚至没读过一本小人书。“文革”前小人书的来源主要有三个渠道，一是家藏，二是小人书铺，可租，大家传看，三是少年之家。少年之家是主要途径，每条大点的街道都有少年之家，供小学生借阅。1966年少年之家关闭，小人书铺也随之关张，断了主要的小人书来源。剩下的是一点点家藏。有家藏的人很少，一般有点背景或家底儿。那时有家底儿的人很少，一抄家也所剩无几。我们院七八户人家“文革”前就没一本小人书,破“四旧”把院门口两个小狮子砸了,实在也没什么可破。而我们班里后来即使有个别人传看小人书，范围也极小，轮不到我。我不排除有人读过小人书，民间总还有一点缝隙，但我从没得到过这点缝隙。

模糊记得去过一次关闭已久的“少年之家”，在永光寺西街的一个小四合院内，与我所住的前青厂胡同西头相接。忘了什么缘由下去的小院，也忘了和什么人，抽象的记忆中似乎有人告诉我这里以前可以借书，有很多小人书，还有合唱队。那时我不过十岁十一岁，但已开始遥想从前，甚至看着朱红的有走廊的房产生了一丝缅怀之情。十一岁我已开始缅怀对我来说并不存在的过去？我从没去过怎么会缅怀？但又的确在缅怀。或者不是我在缅怀，而是我的血液、我的基因在神秘地缅怀，毕竟每个人都不仅仅是他自己。此外“少年之家”一词，在当时又新鲜，又陌生，又神秘，又熟悉，历史并没完全中断，只是气若游丝，在血液里不时掀起一丝涟漪。

再仔细回忆，时光中，极偶然的一小段时间，我与书有过一点甜蜜的关系，我看过别人看书，有两本，分别在不同时间，但回忆起来却仿佛并置在一起。在我的记忆博物馆里这两本书或许可以看作是两张油画：一本是《一千零一夜》，另一本是《堂吉诃德》。它们不完整，如同灰烬中没燃尽的两张纸，周围的灰烬广阔，而它们很小；甚至周边也是发黑、焦煳。

如果可以把这两小枚灰烬中的纸片裱起来，挂在墙上，将是我个人最幻觉的收藏。

那么，我看到的那个看书的人是谁？完全不详。我已经十二岁？甚至十三岁？也如灰烬一样不可考。纸片上并没有字，是一张插图，《一千零一夜》里的几个有翅膀的半裸体仙女在嬉水，单线勾勒出的幻觉般的乳房让十二岁的我惊艳莫名！告别哺乳期后那是第一次见到乳房，唤醒原始的激动，仿佛回到模糊的吮吸时代，同时身体中的管风琴在轰鸣，一种双向——月亮与太阳——同时构成的，妙不可言触及黑暗的无比广阔的意识。这已变成为灰烬的纸片不会再次变成灰烬，永远不会，它残缺而明亮，一直在发光。我在人家的背后，或侧面走过，虽然只有一瞬，对我却是永远的。这是《一千零一夜》，一本字书中的一幅插图。

另一张“纸片”是小人书《堂吉诃德》，我不知道为什么同时记住了《堂吉诃德》，因为太怪诞，太陌生，太经验之外了？堂吉诃德形象怪异，长长的提线般的身体，盾牌、长矛、帽子，没有一样不超常，还有那匹瘦马——简直是堂吉诃德的翻版。别忘记，我只是一瞥，就有这么多印象，说明什么？说明伟大的艺术直透人性，让人过目难忘。因此，如果儿时我能多见到些这样的美、这样的读物，该会怎样？而它只是别人阅读的一小段时光。

阁　楼

没书的年代，特别爱听故事，故事在日常生活中占有重要地位，口口相传的故事几乎替代了书。一些书是听来的，没看过也相当于看了。幸好那时没能消灭故事。孩子总是缠着大人讲故事，或是一听说哪儿有人在讲故事马上凑过去，因此听故事不同于阅读，是一种群体行为，是那时人们的精神食粮。不能想象，如果那时再没故事人们怎么活？是听故事与记忆挽救了一个时代，或一个时代的人。

最爱听的是《西游记》，二哥用“文革”语言，同时又是河北老家的方言讲《西游记》，讲得精彩极了，面对比他小十多岁的孩子，二哥以青年毛泽东般的手势讲东胜神洲，傲来国花果山水帘洞；讲孙悟空召集小猴子开忆苦思甜大会，天上布满星，月牙儿亮晶晶；讲孙悟空拿腔拿调念咒一样念毛主席语录“一不怕苦，二不怕死”“下定决心，不怕牺牲，排除万难”，只身跳进水帘洞游向大海。二哥比我大十二岁，也是属猪，跟我一个属姓，在我看来他简直不是我的哥哥，是所有人的哥哥。

二哥是讲故事的天才，会变换不同的语言方式，现在看来很有些后现代，是我们那个时代后现代的先驱，讲的故事让我们听得又着迷，又半信半疑，半信半疑又着迷，笑，又收住，再笑，再收住，强烈带入又间离出来，非常不确定、不稳定。时至今日二哥版的《西游记》我认为比巴塞尔姆的《白雪公主》高级，当九十年代我读到美国后现代小说大师巴塞尔姆的《白雪公主》，禁不住想起 1966 年二哥讲述《西游记》的情景，他们差不多是同时代的人，巴塞尔姆身处的美国世界远不具有我们中国的某种离谱的戏剧性。巴塞尔姆的文本，多是人为的、观念的，从文本到文本，而我们这里现实即文本，信手拈来，俯拾即是。

即使从问世的时间上来看《白雪公主》也晚于二哥版的《西游记》，前者发表于 1967 年，而我二哥的讲述则开始于 1966 年。不存在谁影响谁的问题，因为至今二哥也不知巴塞尔姆是谁，当时我们的时间与美国的时间完全是两回事，不能同日而语。

二哥的另一惊人之处是有一天从后院盗来许多书。后院不是我们院，它在另一条街上，同样有大街门，只是与我们院的后部相连，对它而言我院也是它的后院，若是在房顶看就是一个院。那个院与我们院不同之处是有一家房上带一个阁楼，我二哥喜欢上房，“文革”前就发现了阁楼，知道里面有许多藏书，阁楼有通到下面的楼梯，二哥曾若干次看到过一个白胡子老头，长得就像太白金星似的。二哥早就动过偷书的念头，那天阁楼主人被抄，东西扔了一院子，包括大量的书、画、古董。二哥飞快地上到阁楼，阁楼已被翻得乱七八糟，抄走了不少书，地上还有不少。二哥声称施展了孙悟空腾云驾雾七十二变的功夫（我们睁大了眼睛）不断从阁楼盗回书，直到有一天，书全部被抄走。有的当场付之一炬，振臂呼了口号。不知那老头有多反动，似乎不只是历史反革命还是现形反革命，不只是右派，还是特务，反正让二哥一说又吓人又不太严肃，甚至说老头的三个儿子和陈塘关李靖的三个太子差不多，也都是“封资修”或玉皇大帝身边的人物。二哥讲话真真假假，虚虚实实，什么都能连上，弄得我们脑袋里什么事一点也不清楚。

二哥去了山西插队，把偷来的禁书留给了我。或者也不是留给我，确切地说留在了我们家一个大枣木黑柜的底层，封得严严实实。不过我后来找到了钥匙，家里平时就我一个人，怎么可能拦得住我？二哥也知道这点，临走嘱咐我那些书都是大毒草，千万别对别人说，不许乱翻。这些书成为我最初的秘密、宝藏与禁忌。越是禁忌越诱人，梦魂牵绕，且一个孩子，心中哪盛得下那么重大的秘密？特别是这可是太白金星老头藏的书，但他又是特务、历史反革命，一切怎么解释呢？二哥的故事完全把我脑子搅乱了。

打开柜子的那个下午，先看了几眼又锁上了。非常紧张，即使在自己家里也要看看四周，门窗紧闭，窗帘拉得严严实实，长长地吸气回味看到的一箱底书，真像看到传说中的宝藏一样。不光是恐惧，事实上更多是惊奇、兴奋、难以自已。再次打开从容了一些，再看外面，安心了。禁忌一旦消失，剩下的都是神秘了，忘我地翻出来，一本一本摩挲、端详，翻开又合上。每每我就这样翻着，研究着，忽忽几年过去，以我的投入与专注完全称得上是这些书的专家，尽管实际上一本也看不懂。看不懂也看，每次打开都带着兴致不减好奇，看看能不能发现一本能看的书。当然，最后，每次都失望。那样一个大学问家（相信是）的书，怎是一个小屁孩能读懂的？

小学四年级后认识的字多了一些，能把大部分书名读下来，但读下来也没用，不解何意。书里面的字也一样，都认得，也能读出声，但和读墙上永远重复的带格的纸墙差不多，完全形不成意义，有时一气之下把书扔到地下，一本又一本，过后又不得不捡起来。一些书是繁体，竖排，书又干又黄，像草纸。封面也皱巴，有许多裂纹，仿佛哪天就四分五裂，印着黑色“无学”两字。我实在不明白“无学”是什么，还有《道德经》《船山全书》《二程集》《近思录》。“无学”是繁体，是我平生最早认识的两个繁体字，我在《新华字典》上查出来的，还查了别的，但查出来有什么用？

有一天我情不自禁动起手来，在又干又黄的竖版《无学》封底上大大地竖着写上《西游记》三字，一下高兴起来，好像真的变成《西游记》了。我太想二哥讲的《西游记》了，他远在山西，面对黄土背朝天，好多人都那样我也没觉什么，

2015.10.10
北京老胡同

逃离地面，独上高楼，眺望远方。
在这里，没有别人，只有我自己。
——陈惜惜

我想知道孙悟空怎样学的艺，我知道自从孙悟空离开花果山后花果山就遭了难，孙悟空一回来就大不一样，我希望也有人在我的头顶上拍下，别人还以为我犯了错，其实……高兴地想着，甚至大声念起来。这是空欢喜的一天，当了演员还不知道。放下它,又把别的书翻一遍。《镀金时代》《高干大》《纳粹德国的谍报工作》《上海的早晨》《王阳明》《庄子集注》《人性论》《论法的精神》《作为意志和表象的世界》《查拉图斯特拉如是说》，像《无学》一样对我完全是墙，我囚徒一样被二哥留下的禁书囚禁了。我不能说是甘愿囚禁，但又有什么区别?

哪怕我研究砖，再不懂砖我也知道砖是由土做成的，磨一磨就会掉面儿，这也算一种进展，而那些禁书对我还不如砖。不仅没获知什么，相反它们给我幼小的心灵造成了压迫，费解，非常压抑。即使我有巨大的好奇也无法消除巨大的费解，反过来如此巨大的费解又加强着巨大的好奇，这种费解与好奇成为我早年的心理原型。心理原型是一个人最内在的动力系统，一个人的心理发动机。如果我不是一个人生活，如果我是一个贪玩的孩子，如果我不是那么的孤独，我完全可以将那些书抛诸脑后，这很自然，但所有条件都凑齐了，我只能面对那些书，那些一本一本的费解。

再换一种角度，我或许还和现在有所不同，比如当年这些禁书里有一些童书会如何？如《一千零一夜》《安徒生童话》《格林童话》《山海经》或者哪怕是《大林和小林》《神笔马良》《宝葫芦的秘密》，我肯定可以慢慢看懂，如果当年读了这些书我会怎样？我自身还会有那么多无明、混乱与费解的东西吗？我的智力与想象力开发得远不够全面，至今许多东西非常吃力，在别人很简单的东西我也要费很大的力。包括写作——我非常慢、涩、拙，我从来就没有过文思敏捷的时候，我不知道灵感是什么，一切必须非常非常的缓慢才可能涌现，我想这些都与我早年巨大的费解与好奇有关，它们是我早年的囚牢，永远挥之不去的笨之源。

我曾多次上房，来到哥哥来过的阁楼处，试图找一找《西游记》或《一千零一夜》。如果有小人书那就再好不过。但是没有。一点儿可能都没有，因为我看到阁楼小窗已被封，封得死死的，是从里边用木板条封上的，阳光都难以窥入。许多次，在暴晒的阳光下，我使劲趴在木板上往里看，仿佛探监的人。我不知道二哥当年是怎样进去的，想象不出窗子怎样打开，因为看上去没有窗子，只有木板。

管桦或刘哲英

无论如何我还是要感谢刘哲英老师。刘哲英老师教语文，是我小学高年级时的班主任，她并没改变每周小组针对每个人的“优良中差”的评比，也没改变我一直得“中”的命运。刘哲英短发，中年人，别黑卡子，方方的发型加上瘦脸儿使她看上去像镜框，四年级接了我们班，直到毕业。在漫长的三年里——三年对孩子是极漫长的——刘哲英不仅没干预过我总是得“中”的非常可笑的命运，而且有一次（我记得特别清楚），还把我叫起来毫无道理地批了一通。具体是个什么事我忘了，反正是她搞错了，应叫起另一个人。但我却没辩解——长期不公正地得“中”使我不善辩解，也不愿辩解。我一声不吭，她问我为什么不说话，是不是搞小动作搞得有理了？

这是老师经常说的一句口头禅，我低着头，看了她一眼又低下去。我已经六年级，十三岁，多少已感到心里有一种可怕的东西，强烈又无明，类似春天发轫的一切事物。我不否认，不说话，我知道我辩解她会征询别人，而别人会证明是我干的，一定是这样，小组评比每每就是这样。我虽然说不上是好学生，但像多数人得“良”没问题，而我却始终得“中”。刘哲英显然也感到了我的委屈，但坚持己见，毫不妥协，一如其镜框般的脸。刘哲英甚至提高了声调，问我是不是委屈我了，我没想到这样一句话让我压抑的泪水一下流出，索性不再压抑，泪水肆流。好多年没流过眼泪，那次有一种奇异的内心放纵，快感，没什么不好意思，哭着看着刘哲英。刘哲英让我先坐下，口气里没了威胁成分，我看到了某种进展，有点兴奋。

至今想来，我那天流泪的目光不一般，就算班上最闹的、最调皮捣蛋的学生也没人向老师投去我那种目光：一种含义复杂甚至藐视的目光。当然是一种“人”的目光，发育的目光，因“醒来”而迷茫的目光。至少在得“中”的问题上，刘哲英相当于我个人的中世纪：作为班主任她从没表扬过我，事实上连批评也很少，基本上就是忽略不计。好不容易批评我一次还批评错了。的确，有人生来就易被忽视，特别是学生之间，在一个小时候的集体，这都没关系。但老师不应忽视任何一个学生，老师甚至应重点照料一下那被忽视的人，老师是尺度、希望。

然而，我仍感谢刘哲英老师。原因很简单，就是刘哲英有时在自习课上给我们念小说。当时这是一个难能可贵之举，别的老师都不大这么做。或许刘老师个人喜欢小说，或许她想传递一种东西，或许那时作业不多，自习课没事干纪律就差，一读小说鸦雀无声。我倾向于好管理的原因，因为如果是一个有人文情怀的老师，怎么能长期漠视某种不公？允许非人的评比长期的存在？但事情往往是这样：一个人是这样，同时又是那样。分裂的人大有人在，即便现在也一样。统一的东西碎掉了，将历史说得一团漆黑时就没了。

刘老师读的小说有《高玉宝》《小英雄雨来》《游击健儿》，《半夜鸡叫》

便来自《高玉宝》。印象最深的是《小英雄雨来》，尽管同为政治宣传的读物，《小英雄雨来》依然是特殊的。作品讲的是一个抗日少年的故事，多少有一些老作家管桦自己的影子。管桦从小生活在敌后，经历了本村儿童团团长带领一众童子军站岗放哨、给八路军送鸡毛信、上树瞭望敌情的生活。从军后作者童年时代的情景时时浮现在眼前，创作了小英雄“雨来”的艺术形象。1948年作品发表在《晋察冀日报》，五十年代初教育部将《小英雄雨来》选入了全国语文课本，从此小“雨来”成为全国少年儿童心目中的少年英雄。让管桦没想到的是《小英雄雨来》在“文革”成为作者的“护身符”，管桦那时在北京文联工作，“红卫兵”揪斗完同在文联工作的老舍又

2013.05.28

北京老胡同

城市不会说话，就像斑驳的墙一样，布满了沧桑和印记，却犹如一个个永远猜不透的谜 。

——陈惜惜

揪斗了管桦，一群乳臭未干的学生拿着铜头皮带朝管桦逼近，有人随意而无知地问了一句管桦是谁？旁边有人回答就是写《小英雄雨来》的那个人，一下让红卫兵们愣住了，据说孩子们面面相觑，无法对塑造出自己童年崇拜过的偶像的人动手，管桦躲过一劫。

不过那时我们什么也不知道，连作者是谁也不知道，根本没有作者的概念，我们接触的书太少了，对书的陌生比对一切都陌生。我们只是极其饥饿地“听”着，五十个学生无一不瞪着圆圆的渴望的大眼睛，空洞的没有任何历史内容的大眼睛，堪比后来《中国青年报》上登的著名的“大眼睛”女孩。我们一动不动，时而屏住呼吸，大气也不敢出一声，时而激动地弱智般地鼓起掌来。自习课通常是上午最后一节或下午连着两节，作业不多，考试更少，如果能随便阅读，不动辄就是批判会上街游行，一定是学生的最美时光。

但我们的事情总是这样吊诡，有一面必有另一面。文明也是这样——许多文明都有自身的桎梏——我们也只能在桎梏中玩味桎梏。平时总盼着打下课铃，唯自习课上没人盼，相反打了下课铃可以放学了却不愿放，总是让老师再念一会儿，再念一会儿，就念两分钟，念完这段，再念一分钟！嗷嗷叫，全体，五十个学生就像季节中的五月黄口麻雀使劲张着嘴要吃的。

一个老师，这么吸引她的学生，让人这么恳求，没法不感动。无法拒绝。常常别的班都下课回家好久了，我们班还是静静的，没一点声音。刘老师一停我们又全体叫，此时没有“优良中差”，就像鸟儿世界一般，我也大声跟着叫，特别激昂。刘老师答应了，我们爱刘老师，她的样子，她的短发，她瘦瘦的脸，这时不像镜框，她完全从镜框走出来，和我们一样。

连着两节语文课时，我们也得寸进尺地要求拿出最后一点时间读小说，有时刘老师竟然答应了，全班欢呼。

刘老师衣着朴素，那个时代没有不朴素的，但刘老师在朴素的人中仍是朴素的。浅灰方领上衣，因为洗得过度或时间太久缘故接近白。齐颈短发两边别着普通黑色铁卡子，嘴角有竖纹，牙很白，很整齐，好像她的南方口音就是从整齐的牙发出的。再加上瘦，朴素得甚至有点抽象。

我不知道该感谢谁，管桦还是刘哲英老师。

就童书而言，《小英雄雨来》即使在今天也堪称经典。

现在还有刘哲英这样的老师吗?

我们的桎梏中也有着美好的一面。

跳　级

没什么不可能的，只要一声令下。1969年开学，一夜之间，我从小学二年级一下跳到四年级。当然不光是我一人跳了，我们全班都跳了，老师宣布，不上三年级了，直接上四年级。那年不仅我们班跳了，全年级都跳了，全北京的二年级都跳了一级，变成了四年级。那个年代只要高兴，时间都可以拨快，或拨慢。时间算什么，不也是人为的吗？以至有时想我们现在的时间是真实的吗？是否被移动过？

当然不是没有原因，时间曾经被拨慢过：1966年北京小学没招生，我们该上学没上成，1967年也没招，直到1968年3月复课闹革命，我都快九岁了才上学。现在除了超常儿童，恐怕没有九岁上学的孩子。时间留下缺口，如同总要回补，于是跳一级，转动了一下指针。时间又正常了，我们没上三年级，跳到了四年级。我不知道全国是不是这样。没查过，但世界上别的国家不会这样，北京时间可以改动，格林尼治时间显然是无法随便改的。这点毛主席他老人家特别清醒，当有外国友人说他改变了世界，他特别谦虚地对外国友人说只改变了北京郊区的几个地方。

太谦虚了，当时传达文件时我们特别不解，那是当时毛主席讲过的最让人费解的几句话之一。另外就是关于秦始皇的话、关于日本人的话，从没人认真解释过毛主席为什么夸奖秦始皇，只能觉得特别高深莫测。

时间的混乱，对历史倒没什么，但具体到个人则有失重感。

我不记得别人怎样，反正当时我有一种巨大的茫然。四年级的课本摆在桌上，三年级哪儿去了？如同尚未断奶的猫寻找母体。特别是算术，那时小学的数学叫算术，不学三年级很难学四年级。语文、常识、政治都可以没逻辑，可以不讲逻辑，就是再跳两级慢慢也能跟上。但算术不同，算术是讲逻辑的，你不讲它要讲，一环扣一环；你可以改变时间，却改变不了数列，你可以说亩产万斤，但算的时候不能八八六十五斤、六十六斤、六十七斤，六十三斤也不行。差一点都不行。老师一边讲四年级算术一边补三年级的内容，我完全乱套了根本跟不上，在二年级与四年级之间算术对我是天堑，老师教得费劲，学生学得吃力，一开始就在雾中，昏昏欲睡，后来真的睡着了。至少在数学上我再没清醒过，可谓长眠不醒。

我睡过了四年级、五年级、六年级、初中、高中，数学从来不及格，对了不知怎么对的，错了也不知怎么错的，时醒时睡，似懂非懂，似明白又不明白，醒时少睡时多。1977 年我是在校生参加高考，别人都说数学容易，可我仅得了 53 分。我的总成绩是 270 分，数学只要再多考 7 分就可上大学。

1978 年我参加了学校高考班，复习了半年，恶补数学，结果那年我的数学成绩非但没有提高，还少了 32 分，仅得 21 分。如果不是北京那年大办分校，将 300 分上的全部录取，我是不会上得了大学的，我考了 312 分。

2013.04.28

北京北五环

世界，又老了一天。我们站着，不说话，就十分美好。

——陈惜惜

越往后数学越难，会把我落得更远，我真得感谢那年的北京市市长林乎加先生，他怎么知道那一代有相当多的人数学长眠不醒？

上了大学，我永远摆脱了数学的魔法，摆脱了1969年跳级后的失重与一直的眩晕。我上了北京师范学院第二分院，在中文系就读，对数学系的人敬而远之，躲着走。可能正是因为对数学的恐惧，后来我在小说中塑造人物数学总是超强，以致有读者问我是不是数学特好。数学成为我的想象之源，我的“长眠不醒”是我身体中最重要部分之一。

我要感谢吗？不，这是两回事。现在我不知道那次大规模拔苗助长的跳级改变了多少人的命运，注定了多少人的人生轨迹，这些人如今沉默着，就像在更多方面沉默的人。时间的蒙面人太多了，某种意义上说只要发不出声的人都是蒙面人。文学就是替蒙面人说话，发现自己，找到自己，找回失去的时间，找回“下落不明的生活”。有一次我在潘家园旧货市场看到了小学时代的算术、语文课本，但具体我学过的却没找到，看到的都似是而非。旧货事场——无论多大规模——事实上相对记忆都是九牛一毛，很多时候旧货市场更让人遗憾，让人感到生活的“下落不明”。

游　行

“九大”召开后我跳级升入四年级，作为高年级学生开始参加“过”天安门的游行。之前作为低年级的学生也常参加游行，但多是在校内的操场转，边转边整齐有节奏地喊口号：“打——倒——美帝！”“打——倒——苏修！”后两字要连读，不断重复，十分机械。我们穿着小绿上衣，像一个模子刻出来的，像几十年后天意市场的绿色小变形金刚。升高年级后一下不同了，走出校门，加入真正的游行队伍，成为超大规模的小绿人方阵。有旗阵、主旗手、鼓号，旌旗招展，像古代战阵，又像童子军，倘作为艺术品很波普，很后现代。游行必过天安门，看着毛主席高喊口号。雄赳赳，气昂昂，比后来的变形金刚威武。后来的孩子也只能玩玩儿玩偶，而我们就是玩偶。这很不一样。

游行主题一是示威，抗议美帝、苏修：“打倒帝国主义！！！”“打倒苏联修正主义！！！”“打倒社会帝国主义”“美苏必败，人民必胜。”别的口号简单明了没问题，唯“社会帝国主义”不明其义，老师不解释，好像不用解释或者知道社会帝国主义是苏修就行了。游行人数每每都超百万，人山人海，似乎人不多不足以代表世界人民。清一色的绿、蓝，绝对的单纯色，重复，每个人都是别人或都是自己，在重复中感到无比强大。有时乏了，依然不依不饶，跺脚，又有点像Rap。比非洲人的节奏还要简单、抽象，实质是东方的木鱼。

二是“最高指示”发表，通常在晚上八点钟，通知有重要广播，有时只提前几分钟，街道紧急通知，家家围着半导体，直到伟大的夏青的声音铿锵有力地从半导体中传出，所有人都静穆，一遍遍听，听上两三遍出发，到学校集结，不一会儿北京的大小街道胡同已成为人的河流。不用谁组织，这已成惯例，而且绝对是自发的，不用要求。游行已成为那时必不可少的生活，若是有一段时间没有“最高指示”，会觉得缺了什么，心中惶惶。因此只要一听到有重要广播大家就异常兴奋，听的时候就跃跃欲“游”了。广播后的游行一般没什么口号，就是庆祝、拥护，比较专业的有小旗，用蓝绿粉色大字纸剪成的，没有小旗就挥手臂。

“九大”召开那次游行是最隆重的，全校集会，正准备出发，我们班一个同学突然激动得失控，连蹿带蹦跳到主席台，模仿电影的情景错乱地大喊一声“九大召开扔一颗手榴弹爆炸成功喽！”当场被抓，审他手榴弹在哪儿，胆敢破坏“九大”胜利召开。他这种激动的疯劲其实谁都多少有点，老师不解我们这些孩子都理解，但没人为他辩护，都觉得好玩。那时能看的电影就是《地道战》《地雷战》《南征北战》，关键时刻手榴弹最让人激动，一下把敌人炸了下去，无法不欢呼，“九大”召开也是胜利，自然想到手榴弹。

手榴弹是我们当时最强烈的潜意识性的联想，可见我们的潜意识是怎样一种构造。不过即使如此，从另一角度看，手榴弹也表征着某种“天才”，因为说到底它是一种抑制不住的活跃的联想，如此贫乏还有如此联想岂非天才？只是他的天才的大脑被不是他的世界控制了，反映的是一个高度控制他的世界。完全有理由相信在一个多样性的世界，他会是一个杰出的人，至少是个诗人。

重大游行活动，路线通常固定，各区各校有着严格的划分，虽然每每看都是百万之众，走起来却井然有序，一点不会错，类似 0 和 1 的二进制，不比计算机差。如今每次看到我们的邻国这样精确庞大，总有种无法形容的甚至血液沸腾的亲切感，我后来再不嘲笑，总是聚精会神地注视着电视。一半是庆幸，一半是怀恋，毕竟那也是生命的过往，我也在想象中扔过手榴弹。

我们琉璃厂小学总是这样：从校门出来往左转，往东不过二十米是南方向的万源夹道，穿过窄窄的夹道，进入琉璃厂，右转至南新华街路口，过马路，向北，中间路过实验小学、北京师大第一附属中学、和平门中学、宣武区教育局，至和平门路口，如果在此过路口直行不远就是长安街，再右转就是天安门，这样很近，但“0 和 1”的程序不是这样安排的，我们在和平门路口右转东行，沿刚刚修成的地铁“和平门站”至“前门站”一路口号震天，过正阳门，实际已到天安门广场南，透过门洞已看见纪念碑、天安门。那时纪念堂的位置还没有纪念堂，还要等几年。我们看到的次序是：松林、华灯、松果、树上的彩灯、纪念碑、纪念碑后面的金水桥、华表、天安门。

过了正阳门，是北京市公安局、六国饭店、台基厂，沿正义路向北，过西郊民巷、北京市政府、外交学会，至王府井路口，就到了长安街。在这儿过路口，左转，沿长安街走向伟大的天安门。换句话说必须是“东”来过天安门，紫气东来，毛泽东，总之冥冥中是有讲究的，只是那时我们不知道。过天安门是整个游行最激动的时刻，面对金水桥、华表、天安门城楼、毛主席像，见毛主席像如见毛主席一样，高呼“毛主席万岁！”精神抖擞，浑身充血，目光变形，直冲云霄：“打倒美帝国主义！”“打倒苏联修正主义！”“战无不胜的毛泽东思想万岁！”我第一次过天安门激动得流下泪来，后来发现小便也有些失禁，几乎喊哑了嗓子，完全可以理解扔手榴弹的错乱。

过了天安门，依次是中山公园、新华门，至六部口向南，不过一站地便到了和平门，在此按原路返回学校。这条路线记得太熟了，游过无数次，现在看这条路线在天翻地覆的北京应该说是变化最小的。但这小仍嫌大，还是有太多的地方似是而非。但毕竟大的筋骨未变，还有更多过去的依据，过去的影子。就如同我自己也一样，我就没变吗？

我不过也是我过去的影子，或者过去在我身上也不过是一些影子。这是不可避免的，变是永恒，我只是希望物体与影子不要过分分离，相互应该存在印证的关系，而不是否定关系。然而事实是许多时候我们是否定：我的小学否定了我，中学否定了我，甚至大学，甚至整个过去的视野。在否定中寻找过去的影子，甚至在屏幕上的邻国找。我不嘲笑他们，我倒是经常嘲笑一下我自己。

填　表

1967年冬，上小学不到一个星期，我课桌上出现一张简易的表格。前几天左上角摆着红宝书，正面黑板上方是毛主席像，两边是“好好学习，天天向上”的标语。早晨第一节一上来是早请示，大家起立，右手拿《毛主席语录》放在胸前，面对毛主席（像）。班长领读：首先，让我们敬祝心中最红最红的红太阳伟大领袖毛主席他老人家：（齐声）万寿无疆！万寿无疆！万寿无疆！举语录连挥三次。接着领读：敬祝他老人家的亲密战友林副统帅：（齐声）永远健康！永远健康！永远健康！挥三次语录。仪式毕松弛下来，大家稀里哗啦拿铅笔盒、课本、作业，老师上课。

但是那天仪轨之后，老师依然严肃，拿着蜡版刻印的简易表格说：这是你们人生第一张表格，一定要认真填写，特别是“家庭出身”一栏，要如实填写……后面是一些恐怖话语，如不属实，如何如何。

的确，这是我人生的第一次填表。不知道现在还有没有国家刚一上小学就要求填表，填写家庭出身、本人成分，据说现在还有。本来我们应该1966年上小学，但那一年没有招生，全国都没招，事实上就像春天全国没播种一样。直到第二年初冬十一月才招生，我都快九岁了。人生的第一节课是学写“毛主席万岁”。大声朗读，一笔一画，一遍一遍，无限重复，而毫无疑问，这当然是句谎言。

人生从谎言开始倒也没什么，但是接下来的恐惧让我有点吃不消。我父亲当时正因历史问题受冲击，关在牛棚不让回家，老师强调如实填写，我的脸立刻红了，没撒谎就感觉已在撒谎，贼似的下意识四下看了看，唯恐给别人看出父亲的问题。我的表情实际已在撒谎，此地无银无法克制地挂在我的脸上。当然，我这样的脸不止一张，我看到了有的人和我一样，我们几乎发生了共振。表格带回家，交给了二哥。两年以后去了山西插队的二哥当时是四十三中的“逍遥派”，既不是“四三派”，也不是“四四派”——至今也搞不懂这两派何意。“逍遥派”就是不参与，无热情，爱谁谁。二哥三下五除二就把我的表填好了，我刚学了不多几个字，不会填表，也不看表，嗫嚅地问二哥家庭出身填的什么，二哥没二话只告诉我“工人”二字，毫不犹豫，并且很不耐烦。所有人都是权威，我太小了，但还是弱弱地问填“工人”行吗？没事儿，就这么填，我一直这么填，没人查！

老师的声色俱厉与二哥有点烦的无所谓，同样让我不安，我当然知道如实填写的后果，天然倾向二哥，喜欢二哥，可一旦查出……表格交给了班主任老师，手直哆嗦，不敢抬头，觉得老师看出来了。红宝书摆在左上角，甚至因为哆嗦总是摆不正，总一次次地摆。最恐惧的是老师还问了一句“是如实填写的吗？”我觉得老师肯定知道了！我虽然一直手背后坐得直直的，却没有听讲，以致第二节算术课给老师大喝一声才如梦方醒，或许我变成了一尊紧张的雕像，还好老师没说别的，只批评了我上课走神儿。

恍惚，走神儿，一点稍大的声音都会受到惊吓。上学是一个人的人生开始，我的人生就是这样开始的。我觉得我随时会被带走，随时随刻都会被查出，但同时也越来越觉得二哥是对的，许多天过去了，谎言渐成真。我从没考虑过撒谎本身的对错问题，如同一个贼从未考虑过偷盗本身，所要做的就是如何不被抓住。二哥是对的、不对的，是或非，对我一开始就不存在这问题。恐惧是第一位的。恐惧过后也没想到是非问题，反而我越来越觉得幸运、狂喜，甚至相信自己真是工人出身了，腰杆也一下直了。某种意义上这同样是个基石，如果不更强也绝不比其他基石薄弱。

事情当然不会这么简单一次结束，填表是经常的，撒了一回谎，就得回回撒。尽管撒过一回下次就容易了，但每回还是感到被蹂躏，因为每回老师都强调这次重要，一定要如实填写。一听到“如实”“重要”我就心惊肉跳，只要抓住一次前面就全露馅了，会算总账，太可怕了。印象最深也是最恐惧的一次是“清理阶级队伍”，那年还兼庆祝中华人民共和国成立二十周年,为防止阶级敌人“地富反坏右”破坏,人人过关,每人都要查三代，有历史问题的、出身不好的，这次都要清理出来，查出来，纯洁革命队伍，“混进党里、政府里、军队里和各种文化界的资产阶级代表人物，是一批反革命的修正主义分子，一旦时机成熟，他们就要夺取政权……”最高指示天天在大喇叭里头广播，而且是浑厚的夏青的声音，听着就让人发抖……

有的人躲过了1966年、1967年，甚至1968年，但没躲过1969年。我们院的一个大娘，富农出身，这次被深挖清理出来，本来好好的，一下好像成隐藏很深的敌特，立刻被遣返原籍，一家人抬不起头。大娘的亲人送她走时如同送葬的队伍默默无声，邻里无人相送。另外有的之前虽被查出历史问题、出身问题，戴着高帽挂着牌子被按着脑袋游过街，但一直没被遣返。这次也在劫难逃。这样的情形中再次填表就显得异常恐怖，当然又再次强调了“如实”“调查”“外调”，每个词都让我心惊肉跳，我觉得这次无论如何也逃不过去了。再没人商量，家里就一人，十岁的我承受着整个来自国家的压力，无产阶级专政的压力。我几乎要如实填写了，可又知道不能，笔怎么也落不下去，不知有没有孩子愁白了头，我觉得我那时已满头白发。当然无论多么恐怖，最后还是铤而走险填了“工人”，这样至少灾难不会马上来临，拖一天是一天。我每天盯着老师的眼睛，揣测老师的神情，几乎已具有一种非人的目光。但也不是兽的目光，也不是专业目光。某种意义上是一种自我暴露的目光，只要老师稍加注意就会发现我惊恐的说谎的目光。但是奇迹发生了，在最危险的两周里我竟然平安无事，接下来的一周和下一周也是一样，过了一周、两周、一个月，我知道我度过了危险。但我不知道是相信自己还是相信老师，或者我相信什么？但是我很喜悦，几乎想流泪。

因为怕暴露出身，我一直不敢加入红小兵，因为加入红小兵要填表。我当然渴望进步渴望当红小兵，红小兵佩戴一种菱形臂章，红塑料上面烫着那三个金字。毛泽东体，不知是不是毛题的，或是拣出的字。在我看来这菱形章真是美轮美奂，做梦都想，全班人都写了申请，我却没写。我太恐惧了，怕惹祸上身，直到小学五年级，全班百分之九十五的人都加入了红小兵（要求全体都是）。有一天老师找到我让我写申请，没理由不写，老师已经觉得我有些可疑，于是赶快答应，以掩饰不安。果然，很快加入红

2013.02.22

北京老胡同

曾经拍过麻风病院的病人，他们把轮椅当作手推车，一跛一跛地完成日常杂务，没想到多年后会在北京胡同口看到老奶奶推着轮椅买烧饼的景象。

——陈惜惜

小兵的表格发下，果然有“家庭出身”一栏！没办法，事情逼到这儿了，无论面对什么都只能再铤而走险。如果上刑场也要填表的话我也还是要填“工人”，我必须是“工人”，不可能再是别的。况且，经历过 1969 年我多少有了点底。

谎言对谎言，我越来越确信这点。没有外调。外调是吓人的。我的左臂上出现有一枚菱形的臂章。不久改为了红领巾，但不叫少先队，仍叫红小兵。说实在的我不喜欢红领巾，喜欢臂章那种尖锐的形状。但无论如何还是恨表格，虽然越来越从容不迫，有惊无险，但一见表格，特别是“家庭出身”就烦得要命。我恨表格，恨一次次考验，一次次折磨。同时恨任何的变化或变动，因为一有变化或什么事就得填表。填表是我漫长成长过程中很深的一道阴影，伴随了太久，甚至 1979 年我上了大学还在填表，还有“家庭出身”一栏，尽管可以如实填写了，但仍觉得荒谬、羞辱、非人，我们的文学特别是小说相对我们蝇眼般分裂的心灵实在是太小儿科了。至少我自己感到害羞，有愧于自己受到的折磨，以及自己的时代。

每周一次审判

“九大”之后，“清理阶级队伍”开始，具体落实的学校，是相互揭发，打小报告，然后开始针对每个人评优、良、中、差。每周都要开会，以小组为单位，十岁左右的孩子正儿八经坐在一起，组长主持，对每个人进行评议。一开始还谈谈表现，后来就简化为举手表决。

“张三，大家说说，他该得什么？”

“良。”

“同意‘良’的举手。”

小手林立。

“李四，他得什么？”

“优。”

小手齐刷刷。

“王五。”

“中。”

小手林立。

我就是那个王五，而且永远是。

“优”是少数，大多数是“良”，“差”不常有，一般谁打架了破坏公物了被老师批评了才会得差。“中”不算差，但也说不上好，没有差时中就算差了。得中的也不多，各小组也就一两个。通常表决中的时候也是最愉快的时候，什么人得中？弱者，或者最弱者，即无足轻重者、没有特点者、没一个人替你说话者。且中是常数，一开始你得了中往往永远会得中，毫无道理地得中，你就是中的代名词。到后来有人表决后会突然笑一下，甚至大家也一块笑了，好像有点不好意思似的。

多小的孩子圈都是社会，会分出等级，而一旦这种天性被纳入政治或权力结构当中，表现和成人世界一样无情。甚至更无情，因为他们赤裸裸，他们的恶带着天真，完全理所当然，不知同情。

十二个人的小组有组长、副组长，加上他们的近邻——得优的人，构成了碳原子结构般的小权力。这之外是仨一群俩一伙的要好者，谈不上帮派却是雏形，也称得上帮派吧。有的小帮派结得很紧，影响力有些时候不亚于正统的小权力，组长与副组长也要让着他们三分。事实上在有些方面干脆就是合作，比如在评“中”的问题上，小权力那种冷漠的同意，让人有一种彻底的黑暗感。无论如何小权力代表了公正，基本的是非，无论如何它们是指望，但是它们一旦也一再地同意恶作剧的行为，就再没指望。

非常不幸，我很早就体验了这种东西。当然也有我的原因，我一个人生活，平时家里没大人，造成了我的孤僻。我没惹着任何人，没碍着任何人的事，每次评比总有一两个人大声喊我得中，然后有人大声呼应，其他人沉默，表决时却都齐刷刷举了手，有时笑，多数时不笑，就过去了。没有一个人主持正义，当权力与帮派一致的时候，所有人都成了羊群。

我害怕每个周末，恐惧每个周末，一到周末坐下开会就紧张，别人习惯了我得中，以为我也习惯了，实际完全不习惯，只不过是冷漠。我当然不是不想改变得中的状况，做梦都想。我记得有段时间我产生了逆向思维，就是先退步，得几次差，然后进步，得中，甚至直接得良。因为班里有公认的差生稍稍表现好一点就得到了老师的表扬，别说得中，还得过良。这并不是我多有思想，而是事实在那儿摆着。然而真正让我有点思想或遇到某种让我困惑不解的难题是，想表现得“差”并不容易！更不容易。做得好很简单，只要努力就行了，虽然被无视；而做得差，比如和别人打架，对我是不可能的，想想就充满了恐惧，另外我怎么敢顶撞老师？怎么可能上课大声说话？损害公物？就算迟到我也不敢！不敢做坏事就不可能有“进步”，所以很早我就陷入了某种困境，只能另想他策。

1970 年，至迟 1971 年，北京恢复了祭扫革命先烈活动，四月初的长安街上，各校的学生默默排着长队，络绎不绝。虽然彼时有 1 号线地铁了，八宝山也有一站，但是想到成千成万的先烈，我们不坐任何车，包括刚刚通车的地铁。出发前，在大操场上，集体读了毛主席最感人的一段语录：“成千成万的先烈，为着人民的利益，在我们的前头英勇地牺牲了，让我们高举起他们的旗帜，踏着他们的血迹前进吧。”

学校距八宝山至少十五公里，三十里地，对小学生而言三十里地走着是个相当不短的距离，但想想那段毛主席语录，就没有什么承受不了的，我们天不亮就出发了，每个人的包里带了一顿午饭。

中午艰难地到了八宝山，公墓人山人海，特别是任弼时墓刚刚开放，旌旗飘扬，涨潮似的祭奠活动一波退下又一波涌上，阳气极度上升，阳光强烈，如果地下的先烈有知或许会纷纷坐起。果真是胜利会师，那可热闹，事实上当时我就是这么想的。再次齐读“成千成万的先烈,为着人民的利益，在我们的前头英勇地牺牲了，让我们高举起他们的旗帜，踏着他们的血迹前进吧”。

祭毕，在墓群中席地而坐，面碑用餐。午餐非常简单，就是一张烙饼，一壶水。壶是军用水壶，配绿上衣，每个孩子大抵如此。就是家里没有军用水壶的也得四处借到一个。水是自来水，根本想不到热水，热水与保温瓶是连在一起的，那时哪儿有随身背的保温瓶。个别人带个煮鸡蛋，仅此而已。没有肠，那时肉都少，别说肠。

吃过饭，漫漫的归途，令人生畏，但我却兴奋起来。我在想每次集体活动外出回来，班主任老师都要总结一下，表扬一批人，比如谁乐于助人，谁带病坚持，谁有进步……我从来没得到过老师表扬，当然也没被批评过，某种意义上我在班里就像不存在一样。我觉得这次扫墓是个机会，可以到一定程度装病然后“轻伤不下火线”，如肚子疼、瘸了。我想最好是真的病了，但我的身体太好了。除了累就是渴，壶里水早已喝完——给了别人一些，算是一条乐于助人，但不知道老师会不会知道，喝我水的人会不会说，不能指望。

我决心已定。我摔倒了，被别人拉起。我的腿瘸了。路太长，已有人身体不适或吃不消坐了地铁，老师让我坐地铁，我坚决不坐。无论如何装瘸都是一种变态的经历，回忆起来仍感到悲哀。特别是本来不瘸的我，那么远的路，由于装瘸后来真的把自己走瘸了，等到进校门时几乎就要瘫倒。但是一想到马上就快总结了，又有种变态的兴奋。

长长的队伍，像早晨出发一样站在了操场上，校革委主任讲话，扫墓总指挥讲话，表扬了一些班，各班回教室。回到教室，班主任讲了不多几句话，说今天大家太累了，走得太远，就先不总结了……我差点没晕过去，愣了好一会儿，迟迟没离开座位，几乎哭出来，或者已经哭了。装瘸太不容易，每一步都要意识到是装的，这一路得多少步，多少装的意识？需要多大难以想象的意志？说不总结就不总结了，成千成万的先烈在我们前头都英勇牺牲了，这点累算什么？我非常不解。

老师说周一再总结，但是周一也没有，周二、周三也没有，直到周末老师也没再提一下扫墓的事。我太奇怪了，这么大的事，怎么像没发生一样？我对老师彻底丧失了信心。我想，至少小组评优良中差时我能得个良，但是一如既往，我还是中。大家已全不记得扫墓的事。

一个人的冷漠就这样形成，如果至今我内心

2013.06.25

北京老胡同

走在阳光下，影子藏着另一个世界。
走在阴影中，沉默成了另一种语言。
文字和光影，同样虚妄。
——陈惜惜

仍有一种冷漠，我想那是最早的根源之一。这样的根源不多。还有更大的根源，但是最早的仍有特殊的意义。后来不过都是唤起。我承认，我内心有一份冷漠。

一份无动于衷。

红小兵

——“我宣誓！”

——“我宣誓！”

——“毛主席是我们的红司令！”

——“毛主席是我们的红司令！”

——“我们是毛主席的红小兵！”

——“我们是毛主席的红小兵！”

……

手握拳头，身着绿上衣，左臂佩戴着崭新的臂章，在庆祝“五一”要么就是“十一”的全校大会上，我与十几个孩子跟着领誓宣誓……

我加入了红小兵，时间是1972年，我已上五年级。当时全班百分之九十五以上的同学都已加入了，那时因为要求全国山河一片红，小学生都要加入红小兵，我这个每周评比一直莫名其妙得“中”的人也被加入了进来。

无论如何我还是非常激动，我是红小兵了，而且是红太阳毛主席的红小兵！另外我想，我都是毛主席的红小兵了，是革命队伍的一员了，不应再得中了，肯定不会了。然而，非常奇怪，加入了“红小兵”居然与每周的“优良中差”的评比无关，对我举手表决依然是“中”。

我觉得不合逻辑，但也毫无办法，刚燃起的红色热情熄灭了。我是个内向的人。或者没办法不内向。内向浅层面是害羞，这没什么，一定程度上害羞是美德，是人正常的东西。但如果内向的深层是恐惧，是对周围不信任，自然也对自己不信任，就不正常了。我本不是内向的人，但许多年给人都是这个印象。我并非没有过人之处，我一直在临汉隶《曹全碑》，但没人知道，我也不知如何对别人说。班里有时会在墙上用毛笔字表扬一些人，写一些标语口号，有时是用隆重的红纸，有时是裁成条的或蓝或粉的大字报纸，开始我也没觉得不好，临了《曹全碑》后慢慢觉得不好，越来越不好，字怎么写得那么幼稚，我知道是谁写的，我真想代替她，但每次只是想想而已。后来连想也不想了，就一直寂寞地身怀“绝技”，从没有表现机会。

乒乓球

其实我乒乓球打得也不错,但却从没在学校打过,就是说从没“露”过。别说学校一级的比赛,就是班里的比赛也没参加过。我完全被每周评比得“中”抑制住了,基本是个自闭症患者。但回到我们院里自闭症立刻消失,全没有交流障碍。幸好还有可交流的院子,要是现在独生子住楼房我死定了。我们院挖了一个二十米长的防空洞,两边各有一个洞口,洞口高出地面半米,上面盖着水泥盖儿,是个天然的乒乓球台。尽管水泥盖儿的拼缝有许多“地雷”,但两边概率均等,并不影响对阵。相反更锻炼了我们的应变能力,就算碰到歪歪扭扭的“地雷”也常常能接到,可想而知,我们的水平不错。

有一天我们后院一间无人住的房突然塌了,后院原本是夹道,房子一倒夹道变成刀把形,空出一片地。报告了房管所迟迟不管,既然不管,我们院一群大小孩子一齐动手清理出砖头瓦块,砌起了一个标准的乒乓球台,台上再没有了“地雷”。尺寸标准,与任何一个公共场所的乒乓球台无异。一个院有一个乒乓球台子,在那时相当奢侈。乒乓球是中国第一运动,一直是我们的国球，而那时唯一能在北京见到的世界级体育比赛也是乒乓球。乒乓球名将也是那时少数的明星，人们不仅对中国选手，就是对日本选手也都如数家珍，什么木村、长古川信叶、伊藤，至于中国的庄则栋、李富荣、张燮林就更不用说了，他们都是国际范儿，是中国唯一体育项目的世界冠军。张燮林的“海底捞月”动不动我们就模仿一下，还有十几大板的扣球，还知道弧旋球、高抛球。还有乒乓外交，一首《小小银球传四海》当时算是最抒情的歌曲，乒乓球大大超出乒乓本身，算是整个的国家生活。这样的背景下，我们一个小院竟有一台公共场所才有的乒乓球案子，是一件了不起的事。

胡同里的人听说我们院有案子都来打球，不让进都不行，这让我们感到骄傲与特殊。更为骄傲的是大白天的我们都要关上街门，上好门闩，就算这样还是有人从房上跳进来，趁我们不在时偷偷来打乒乓球。如果我们正在打他们就埋伏在房上，像贼一样随时下来玩一会儿。没有乒乓球台时我们也是四处找，有时去四十三中，有时去陶然亭公园，印象最深的一次是去北海公园的五龙亭。北海公园的五龙亭有一个最大的亭，当时一度是露天乒乓球场，穹顶高旷，四周透风，里面放了好几十张水泥乒乓球台，尽管打球的人很多，每次来都要等，但总能等到。在这儿打乒乓球有种参加比赛的感觉，既热火朝天又十分高旷凉快，真是一种莫大享受。而且，毫无疑问，是免费的，你只要带着球、球拍、网子就行了。

我是一个多么爱玩的孩子！爱玩的孩子通常不内向，但特殊的情况是有的，我就属于特殊情况。一到学校我就像换了个人，我那么爱打乒乓球却从来没在学校打过，学校也有几台露天案子，总有人打，总有人占着，我知道没我的份，所以连想也没想过。除了必需的学习，小学差不多就是我的禁地。课间我静若尘埃，去得最多的地方是个铁架子，可以登高望远。有一次正在上面，一个同学喊我下来，让我到老师备课室。现在我已忘了老师找我什么事，但是记得非常清楚的是，我进了备课室后几个教师对我的小声议论，并不回避我。你看，这个就是一个人生活的那个孩子。那个被指引的老师甚至把我叫过去，问我平时谁给我做饭，衣服脏了谁给洗，晚上一个人怕不怕，我说都是我自己，不怕。年轻教师惊讶地指着我对别人说：这孩子真够可以的，没人管，还这么老老实实的，真怪可怜的。我觉得像是表扬，但也有点说不好，就像对这个学校整体的感觉。

那年学校举办一次大规模的乒乓球比赛，除了团体赛、单打、双打，这次还加了混双，完全按照世乒赛的项目设置，可见乒乓球在当时的影响。团体赛分高年级组与低年级组，我所在的五（3）班是高年级组。团体赛要求三名选手，我们班在五年级六个班中体育是最弱的，乒乓球团体赛从来是最后一名，一个校队队员都没有。我从没参加过比赛，没报过名，也没人知道我会打乒乓球。像上次一样我对比赛毫无兴趣。班里参加比赛的还是以前的几个人，谁都知道赢不了，不过是充数。团体赛队员选出第二个之后，这次第三人竟然选不出来，有个上次参加的同学因为得了尿崩症刚好，身体虚弱无法参加。就在这时提到了我，问我会不会打，问得我张口结舌。我本能地说不会，不，不，我几乎慌了，但是提到我的那个人说听说我们院有乒乓球台子，那还不会打？我虽否认，但张口结舌暴露了我实际是会的，又说出了球台的事，不容分说把我算了一个。说实话，我心里也挺激动的。

比赛在一个大教室进行，木头案子，正规的球网。学校有这样的设施，可我从没见过，更不用说打过。这是校队和老师常打的地方。第一次面对绿色的案子我非常紧张，简直像参加国际比赛。我们五（3）班对阵五（2）班，五（2）班不是体育强班，但比我们班强，不一会儿我们班两个选手就输了，没有悬念我也会输，尽管把我挖掘了出来，可谁也没想到我竟然奇迹般地赢了第一局，而且是大比分拿下。我的对手是学校乒乓球亚军，第三个上场是准备一锤定音拿下我们班，结果遇到我这匹黑马，不速之客。虽同在一个学校，他连认识都不认识，甚至没见过我。但他大名鼎鼎，学校红小兵大队委，长得很帅气，名字也不一般，叫顾近——这名字在当时很怪，但事实上很有文化，不是一般人能起得出来的。他首先吃我完全不正规的发球，或回球质量不高被我一板抡死。我打球不规范，但是邪、熟、狠、没头没脑，他被我打蒙了，打傻了。同时人们谁也没想到我打球这么不规范、这么邪，说实话，我打得他落花流水，连我自己也没想到。第一局的最后一球被我抡死——一定要说“抡”，而不是抽、扣。

我是在防空洞盖上起家的，经过“地雷”的训练打球非常邪，抽球就是抡，发球又快又怪，忽东忽西，忽长忽短，龇牙咧嘴，样子非常痛苦，可发出球十分飘忽。在我们院我也被称为“三板斧”，武艺不高但是实用，吓人。另外还有一个怪现象，别人赢一个球总有人鼓掌，我赢则没人鼓掌，因为到后来空气都凝住了，人们太意外了。顾近第一局输了，被他们班的老师、同学围拢起来，嘘寒问暖像慰问伤员，那叫一个心疼。接着出谋划策，完全违例地停了好一会儿。而我们班的人却没一个人过来说话，好像我犯了什么错误，你怎么能赢了人家？是的，我是赢得难看，可我毕竟赢了，

2014.04.28

北京老胡同

缘分，是与你在夹道中擦肩而过，回头只望见你渐行渐远的背影。

——陈惜惜

管我赢得怎么样，赢的是谁。第二局开始我仍领先，但我却越来越感到一种东西向我包围过来，首先是顾近班上的人完全醒过来，给顾近大声加油，赢一个球就大喊大叫，反之我赢了则是怪话、起哄、讽刺，甚至有人扔粉笔头。虽然有人制止，但制止得很不力，一听就是一家人的声音。赢了顾近我心里也有些慌，加上起哄、风凉话，我们班的人那一片沉默，再加上顾近也慢慢适应了我的球路，我开始输球。虽然仅仅是比分接近，但好像顾近已赢了，人们那个叫呀，吵得我面红耳赤，我觉得自己脸在发烧，好像犯了多大罪。第二局我输了。我赢了我班上人没说什么话，输了倒有人开始说风凉话，事后诸葛亮，意思是早料到我赢不了，什么开始人家不适应，他是蒙的才赢了第一局。我心里非常黑暗，也搭上自己没志气，第二局后来一路下滑输掉。马不停蹄第三局输得更快，顾近成了英雄，我到头来还是狗熊。不要说别人，我自己也输得心服口服，而更让我心服的是我们班。我们班是弱班，根本不习惯赢，也没准备赢。必须承认一种“弱”，或“弱”的文化，这种弱文明、弱文化由来已久。

如果说到根本，终归是“人”的概念缺位时间太漫长了，或者从未建立过应有的概念。“人”在我们的历史中更多时候是“氓”，没有主体，个人没有主体，集体也不会有。“人”有时被一种“势”制约着，仿佛岩石中的金子，缺少熬炼。即便“文革”看起来像是炼过，实际上更加似是而非，在最根本上缺位缺得更厉害。这样说有点沉重，有些话一说就沉重。慢慢来吧，我们还有相当长的过程。

空　间

1973年也没什么大事，但对我却是划时代的。我结束了“石器时代”的小学，跨进了“青铜时代”的中学。不用说心灵，就是身体里面的曙色也已升起。一切都好像有所不同，空间，人，连时间都好像不一样。

这是一所新建中学，我是第一批学生。学校虽然年轻但空间却很老，是北京市属中学里最老的空间之一，比四中老。校园里有一些很大的树，一个老式的篮球场，青砖墁地，由于年代久远许多地方已斑驳、颓圮，生着冬天的荒草，而青草也已露头。两幢深灰色带走廊的教学楼，与颓圮的球场显然同属一个时代。走廊为绛色绿色混搭，一如窗棂的双色；虽只有两层，却比现在的三层楼还高。坡顶，顶上有装饰性的通风口、天窗。带格子的大玻璃窗透亮又阴凉，南北通透，两边都是玻璃。楼与楼之间有楼洞相连，形成一个整体。教室内部为正方形，高旷，有很大的吊扇，褐色的木地板油漆早已磨去，只在墙裙和角落还可以看到一些，窗下同样是很老的暖气片，是一格一格的生铁，与宽大木质的窗台比显得特别有力，应是世纪初的装置。黑板是墨绿色的，比起小学那墙质的透着白底的黑板不可同日而语。

这个空间最早叫“五城学堂”，建于1901年，一批名流如钱学森、张岱年、于光远、李德伦、于是之、赵世炎曾在此空间读书。1952年“五城学堂”的部分校址改建为和平门中学，到1973年，也就是我上中学那年，和平门中学又一分为二，分拆出一个“北京一八零中学”，也就是我读的这所中学。当时不知道为什么要把好端端的和平门中学一分为二，后来才明白是我们这一代人属于生育高峰期的一代，学生太多了，人满为患。

同时，那年又改为十年一贯制教育，小学五年，中学五年，取消了“高中”。这样一来我们那年一下毕业了两拨人，六年级毕业生和五年级毕业生，一共二十四个班。分成了两个年级组，我们六年级毕业的十二个班为一个年级组，占了那两座古色古香的1901年的建筑。五年级毕业的十二个班占的是前院一座五六十年代盖的四层红砖楼。那楼长方形，又土又难看，跟我们所在的两个历史之楼没法比，仅就楼而言你不知道时代是前进了还是后退了……

简易红砖教学楼前面是一个大操场，对面围墙外是河北梆子剧团，同样是难看的简易红砖楼；旁边是我们学校的大门，紧挨着我们的是北京墨汁厂，墨汁厂原名叫“一得阁”，八十年代才又改回了“一得阁”；院墙外边的路是我们上学的必经之路，路边上堆放着许多空瓶子，各种款式都有，用麻包包着，日久天长包不住，许多就裸露着，我们上下学没少拿瓶子，简直随便拿，厂里也不在乎，瓶子太多了。

那时，除了我们所在的老建筑提示了一点传统之外，几乎没有了任何

2016.01.13

北京雍和宫

这是个自拍的年代，一个人人忙着自恋，又禁不住自卑的年代，

在精致的历史坐标前，镜头里摆弄的是完美又脆弱的自我。

——陈惜惜

2015.05.20

北京老胡同

在世界末日那一天，我要吹泡泡。

——陈惜惜

传统，二十四个班，两届混在一起，一切都在混乱（教育要革命）中成长。新生，新老师，新时间（事实上是混乱的时间）主宰了同样混乱的空间。

但无论如何，比起小学还是不同。第一次跨进这个空间，我刚过十四岁，身高不过一米四，小个儿，圆脸，还带着小学全部的紧张、不安、羸弱，当然也有非常隐秘的兴奋与新鲜。没有因为上中学而有一件新衣服，仍穿着一件劳动布上衣，袖口和领边已磨破，不得不卷上点袖子，同时小心翼翼地打量着四周。

早听说那时的中学很乱，打架斗殴司空见惯，很怕波及自己。

另外还是特别怕见生人，见新同学也让我特别紧张。

走进宽敞的好像到处都是玻璃的方形教室，让我没想到的是竟有新同学跟我打招呼，问我住哪儿，小学是哪儿什么的，我也学着问了对方，就聊起来。表面上不显，其实我内心非常激动，非常惊讶地感到一种平等——这种平等，小学六年我都没感到过。

可能因为陌生、不了解，反而平等？平等即尊重，是我上中学最大的感觉。或者也因为小学被不平等桎梏得时间太长了，才让我对平等那么敏感、激动，感到身体中的曙色，也因此我是那么机敏——那么机敏地抓住了这一点点平等。我们熟起来，成了朋友，尽管内心仍紧张，但我表现还算出色。我不知道这和新教室的空间、走廊、木地板、大玻璃窗有什么关系，是不是这种古旧但又明亮的空间，规定着一种人与人之间最初的东西？传统有时是无言的，就像这两幢老楼，无言地述说着什么。

春　天

女教师在小学没什么特别意义，与男教师几乎无异。但在中学不同，特别是年轻女教师对男生成长有着不言而喻的意义。现在，已很难有像我当年上中学时那么年轻的女教师：何老师十七岁就站在了高高的讲台上，比下面坐着的黑压压的男生大不了几岁，几乎同在一种空气中。此外何老师完全是胡同口音,听上去像院里的姐姐。那时中学老师里有不少外地口音，北京胡同里女孩的口音少之又少，听何老师讲话别提多亲切。

我们这些五十年代末出生的人正值生育高峰，这一代人像洪峰一样到哪儿哪儿就紧张，学校紧张，老师紧张，医院紧张，没有不缺的，缺老师，缺设施，缺场地，以至一些小学甚至改成戴帽儿中学。

何为戴帽儿中学?

那时推行十年一贯制教育，即小学五年、中学五年，小学五年毕业了本应去上中学，但没那么多中学，就在原小学上中学，故称戴帽儿中学。我们上了六年小学有正式中学可上，但缺老师，于是何老师便从师范学校匆匆毕业，教了我们。本来习惯了小学女教师僵化的无性别的样子，对于姐姐相的何老师，说实话还有些不适应，甚至有些担心：她能当老师吗？

但是我们很快适应了新老师，并且越来越喜欢。1980年我大学二年级的时候，便写了一本近十万字的回忆录，主要写了我中学时的经历，其中一往情深写到了何老师："每当我们犯了错误她骂我们时，我们就假装老实得像只猫一样，与其说是挨批评，不如说是一种享受。何老师骂我们忘恩负义，昨天刚说的好好的，今天又忘了，说到这时她的眼圈都红。这时我们真的有些后悔，恨自己为什么管不住自己。批评完了，她的气儿消了，有时就会拿出糖让我们吃。我们不吃她就塞到我们嘴里，骂我们傻德行。"

回忆录写到何老师几乎用家庭的方式教育我们，管我们非常严，以致在各方面我们在学校都是最优秀的，每天我们甚至排着队下学，走出校园，这在我们学校是唯一，甚至是那所中学的一道风景。我班有的男生个子已很高，走起路来晃晃悠悠，却像小学生一样下学，十分有趣。我们受到学校表扬，有些班学我们，但坚持不了几天就歇菜，走得也不如我们整齐。一有人学我们我们的荣誉感更强了，每天走得像后来的天安门仪仗队一样。

不管一个人是否年轻，有多高的水平，用什么方法教育，教师工作最重要的一条是要有爱。有了爱哪怕方法并不得当水平并不高也会赢得学生爱戴。何老师不像老教师有经验，水平高，我们看得出来，所以我们就要为何老师争口气。如果学生能替教师想，就算不一定是教育取得了成功，但一定是爱取得了成功。但如果是爱取得了成功，还有什么不能成功的呢？

1973 年，我上中学的第一个春天，何老师带我们春游。那时我平生第一次有了春游概念，以前虽有过自发行为，比如去护城河捞小鱼、抓蚂蚱，但只有行为没有概念——这回不一样，概念是文化，是理性，而行为近于本能。只有本能与概念结合起来才是完整的人，才可称之为文化。

而且，是去颐和园，爬万寿山，游昆明湖，爬山、划船，这一切对我们，对 1973 年的我们，都是前所未有的，事实上也是我们从少年进入青年的标志，我们不再是孩子，我们是大人了。中学和小学就是不一样，小学我们去八宝山（扫墓），中学去万寿山。人还是有超时代的可能，何老师便超越了。

颐和园如画一般展现在我们面前，我们的青春与山水相映，我能感到一切都那么新奇。我们在画中游，在白色的石舫出神，一条湖边的军舰让我们无比兴奋。我和许多男生用柳条给自己编了一顶帽子，眺望山下时仿佛自己是老八路。在后河岸边，望着碧绿的河水，真想跳入水中，像小兵张嘎戴着柳条帽侦察一番。那时大脑中的想象力也就是这些，文明从我们记事起便已断开，只是一遍一遍看《地道战》《地雷战》《南征北战》，出现颐和园真是异端，但不知如何喜欢，如何想象。

何老师严令禁止我们下水，对我们的柳条帽儿倒也没怎么反对。何老师就在身后，她被一群女生众星捧月，宣传委员张丽丽拿着一个照相机——我也是第一次见照相机——招呼男生照相。我们谁也不照，你推我我推你，扭捏极了，现在回想起来也不知为什么那么扭捏，大概青春初期的男生就是这样，半生不熟，若即若离，不远不近，如果有时离女生太近了，就会有男生做出不屑的样子快速向前或跑开。这样一带头，大家一下跟着往前走了，男女生两拨人又拉开了距离。如果谁单独和女生在一起就会被讥笑，瞧不起。换句话说更多怕的就是这个，因此没一个听宣传委员的，最后是何老师一个个拽男生，大家才合了影，到最后男生就等着拽。

不划船是说不过去的，但是春游的人太多，我们到了后船已租完。排队等回来船是等不上的，因为往往半道就会被人截走，别人把计时应付的钱给你，你拿着船票最后结账，或再转手他人。那时的颐和园就是这样，许多人在离码头不远的岸上打问往这边划的人是否退船。

这事男生不再扭捏，似乎就该是男生的事。直到下午才截到了船，何老师让同学们先走，她和几个女生要到最后。我们兴奋极了，又是人生第一次划船，看早就看会了，一上船无师自通就划向湖心。后来听说出事了，何老师掉河里了，我们本来极度兴奋的心情一落千丈。本来兴奋了一天，最后以“悲剧”煞尾，谁也没想到，正应了那句话——乐极生悲。

现在回想起来也没什么了不起的，就是截了船后船离岸时，一直和何老师在一起的班委钟晚霞，一只脚踏上船另一只脚还未上去船就离开了，何老师眼疾手快一拉钟晚霞，结果船瞬间倾斜，何老师与钟晚霞一齐落入齐腰深的水中。没有生命危险，但是特别扫兴。

我们赶快回到了岸上，何老师被女生围着，眼睛红红的，好多女生眼睛也是红的。我们心里非常难过，谁也没有说话，也不会安慰人。终于有人找到两套衣裳，何老师与钟晚霞去换衣裳。换回衣裳好了许多，精神也振作起来。何老师又笑了，说自己从没穿过这么怪模怪样的衣裳，像不像唱戏的。所有同学都已商量好,回学校谁也不许说何老师掉河里了，不能让外人知道，因为要是让外人知道了多不好意思！回来的路上，我们这些男生表现得都特别的懂事，拿出男子汉的劲头安慰何老师，逗何老师笑，再也不扭捏。我们都老老实实围着老师，讲笑话，讲今天玩得多好，明年还再来。我们突然长大了一些，就像某种植物一样，一场雨后拔了一节。

乡　村

那年夏天，野营拉练，新奇感胜过第一次春游。拉练与备战、备荒、深挖洞、广积粮有关，我们从头到脚都是绿。年轻的何老师英姿飒爽，长发改短发，头戴军帽，像红色娘子军的连长，更成为我们的偶像。那个星空灿烂的晚上，我们齐刷刷站在操场上，肩背背包，班变成排，分列了二十几个矩阵。校领导为团级，下设营、连、排。每人都是一身绿，至少要做到上衣是绿的。背包打出“井”字，背包绳也是绿的，脸盆及备用绿球鞋也打在背包上，另有一个军用水壶。已基本分不出男女，全都一样。当然了，这是猛一看，实际我们分得非常清，一看我们就知道谁是谁。

何老师是排长，我们班变成了排，我们叫何老师也叫何排长，叫何排长时会拉长了声，说不清是喜欢还是新鲜。出发前外地口音的学校书记即政委讲话，口音很有点像《南征北战》中戴皮帽子的政委的声音。然后是各营连排长发言，战士代表发言。操场上灯火通明，旌旗招展，誓师毕，全团四路纵队夜行出了校门，穿过了熟悉又陌生的城市，向郊外迸发。

我们的目的地是北京市大兴县一个叫西庄的村，对这个地方我们完全没有概念，甚至像军事机密一样不能询问。从来没背着背包走在城市中，一度真的感觉像开赴前线，几乎有点悲壮，但又知道是模拟战争，因此一切实际上又有表演性质。为什么要拉练，原因不必探究，因为很多事情虽然起因荒谬结果却未必荒谬，时至今日我也不觉得看起来可笑的浪费宝贵学习时间的野营拉练（后来变成每年一次的学农学工）是坏事，认识了社会增长了社会经验姑且不论，仅是对漫长学校生活的溢出，体会到不同的生活方式、生长方式，就有重要的甚至本质的意义。这就如同一棵树不能光有主干,还要有旁逸斜出的枝干,否则太可悲了。我并不是歌颂那个时代，事实上我一直在批判，我只是在厘清一些重要的东西。在我漫长的学校生涯中，学农学工拉练印象深刻，构成重要记忆：那仿佛另一个自己。像是他者，但又是自己。

过了黄村，天已蒙蒙亮，晨曦在无边田野上升起。如果说黑夜让人绝望，晨曦有时更甚，因为看到更远的要走的远方。已离开了硬路面，走上松软的沙土路，身上的背包更觉千斤重。队伍差不多自动停下，也不管是否吹了号，大家东倒西歪躺在了地上，而这时候号角也才响起。若是真的军队，这样当然是不可能的。大家真是累坏了，沙土地走起来难，躺下倒真是舒服，也不分什么男生与女生了，横七竖八,一倒地就睡着了。毕竟我们不过是十四岁的少年，童子军都算不上，一夜之间就成为“战士”怎么可能？再喊政治口号，声嘶力竭也没用。

再次启程，不走同样也是不行的，被嘹亮尖厉的号声叫醒，摇摇晃晃站起，背起背包，继续沙漠上的进军。问得最多的话就是还有多少里，甚至连何老师都问体育老师，每次体育老师都说“还有四五里”，后来才告诉我们是“四五二十里”。一步步量出的乡村，汗水与血水（血泡）淌着的乡村，当然不一样，也因此到达目的地后，一下就爱上了这个小村。

这是一个半沙地的小村庄，后来所说的沙漠逼近北京城即是指这里。我们一个班也就是一个“排”住一个村，几个人一组分别住在老乡家，如同当年的八路军。村子不大，二十几户人家散散落落构成不规则的圆，树不多，与村外荒凉沙丘比也算多了，而且有些树很粗很大，简直像是古树，说明当年树很多，村子也很古老。我们没有任何生态环保意识，对树不感兴趣，反倒对从未见过的沙丘特别上心，感觉新鲜极了。沙丘像波浪像月球一样，并不是一点植物都没有，沙丘与沙丘之间也还有一撮撮绿，一种叫马舌头的四脚蛇跑来跑去。不，这不是纯粹的沙漠，但足以让我们惊奇。马舌头成为我们捉取的对象，捉住之后让两条马舌头咬在一起，放在光光的沙丘上，到死它们也不会松开对方。村外的沙丘是收工与饭后我们男生的乐园，不需要女生，女生不敢来，这就是男生的乐园。

我们同样见识了井水，这个村子那时连轧水机也没有，吃水要到村边井里挑。义不容辞，给老乡挑水是规定动作，红军八路军解放军的传统。可我们稚嫩的肩膀哪儿挑得动水，但是挑，痛苦地挑，挑半桶，小半桶，不会前后挑就横着挑。横着如同一种刑罚，姿势优美，架势难得，看上去太痛苦难受了。但还是挺高兴、新鲜，嘻嘻哈哈，几个人换着挑，照样把老乡的水缸挑得满满的。挑水本是男生的活儿，但有的女生也挑，甚至比许多男生挑得还好，真是惊人，挑起来像一种舞，让横着挑的男生无地自容。如果不是学农拉练，很多事不会发生，许多生命信息难以传递，而少男少女也一定是在特定的环境中才能充分地敏感到青春信息，身心也才丰沛自然。

乡村的夜也是新鲜的，它如此宁静，繁星低垂，天空比村子还亮，村子倒成为夜的轮廓，一处处黑黢黢的有些吓人。吓人就看星星，越看越亮，连银河都清晰可见。班长吕世秋与我同住一个老乡家，每天晚上都叫上我一起去找何老师，陪何老师一起查铺。那时农村养狗的都少，我们穿过夜晚的村子，只在村外偶有一两声狗叫，听上去很新鲜。何老师查铺完全是她个人认为的一种责任，团里并没要求，主要看是否熄了灯，看有什么问题，有谁身体不舒服，后来想想或许还有跟她的学生道晚安的意思。陪何老师查铺的还有两个女生干部，一个生活委员，一个学习委员。另外还有一个村里的复员军人，民兵连长，人很憨厚，有点害羞，很周到。女生宿舍没什么，都很安静，男生宿舍几乎没有一处安静睡着，习惯了查铺，都等着查铺，我们到一处总听到里面有故意弄出的响动，然后是低低地笑，忍不住大笑，总有更大胆更赖皮的男生把头伸出窗户跟何老师贫上两句，谁谁放屁他睡不着，然后被一把拽将起来，被何老师训一顿，训舒服了才算完事。

所有人都是干部，只有我不是，我能看出许多同学奇怪我怎么也会跟着老师一起查铺，就算我和吕世秋一个宿舍，但宿舍也还有别的干部。能检查别人我已是事实上的干部，早晚是，我隐隐感到未来的前景。差不多十点钟，查完最后一处，就到村边了。到这儿我们就先送何老师和两个女

2014.01.05

北京老胡同

远处的树，暧昧的光，屋顶眺望，雾霾中，依稀见北平。

——陈惜惜

生干部回宿舍，我和吕世秋再回，均由民兵连长护送，后来越来越熟，每次都要在月下的一棵老树下坐一会儿，说一会儿话。都是年轻人，最大的民兵连长也不过二十出头，有股周到的英武之气，我们很喜欢他，有种温暖沁人的安全感，看得出何老师也很喜欢他，如同喜欢泥土或树一样。大家有说有笑，主要是何老师说，吕世秋附和，两个女生干部咯咯笑，我话不多，和民兵连长差不多。问到民兵连长他才说一下，说得很有条理。我只静静听着已很快乐，总是想我是谁？连个小组长都不是，却和老师班干部在一起？别的同学都睡了，我们却在这儿赏月，真是很特殊。

有人提议何老师唱支歌，大家一致赞同，何老师也没推辞，自然而大方地对着月亮唱了一曲《见到你们格外亲》。必须承认我没听过，也不知道这是马玉涛唱的歌，更不知道出自大型音乐舞蹈史诗《东方红》，至少五年以后这歌才会在首都体育场重新唱起，唱得大家热泪盈眶，老泪纵横。何老师在1973年的乡村便已唱了这歌，声音那么饱满，不像平时何老师说话的声音，特别是那句“八年——打败了日——本——兵”特别带劲——几年后当我在不同场合听到马玉涛唱这歌时不禁想到曾经的夜晚。月色之下，何老师唱完，我完全听傻了。尽管何老师只比我大三四岁，但她却显然知道《东方红》，而我一无所知，全无概念，从第一天上学学习“毛主席万岁”，听说读写，我与历史就中断了，不知有汉，无论魏晋，我们是全新的一代，是“时间重新开始了”的一代，以前没有时间，以前的时间不算时间。但是好东西，哪怕稍好一点的东西放出来就会感觉特别好。历史是阻拦不住的，稍有缝隙就会流泻出来，何老师就是缝隙。何老师唱完让民兵连长唱，民兵连长羞涩片刻，可能受了感染，也大大方方唱了一首《伟大的北京》，是当时最流行传唱全国的歌，“伟大的北京我们为你歌唱，你是人民心中的心脏”，竟唱得也不错，但显然与何老师的歌比是两个时代，是被允许的、当下的。没想到民兵连长唱完，何老师竟开了我一个玩笑，让我也唱一个吧。何老师甚至叫了我的小名“二庆子”，并且强调了一下。能听出玩笑的味道。何老师上课经常叫同学的外号、小名，有时大家哄堂大笑，非常亲切。我倒没任何羞怯与自卑，这个夜晚如此美好，让人动情，情不自禁，吕世秋、两个女生干部都唱了，我却依然没唱。我一支歌都不会唱，像石头里蹦出来的，如果非要我唱我也只会唱“下定决心，不怕牺牲”或“一不怕苦，二不怕死”之类，在这个夜晚，根本没法张嘴。我和别人比，在那个时代缺点儿什么，主要是我一个人生活，历史简单我就更加简单。

民　间

一、“三位一体”

戏曲、武侠、武术，“三位一体”——时至今日，也还没有一种文化比这样“三位一体”的文化对国人影响更大。我以为这三者像三根梁柱，构建了我们民间的心理空间。诸子也好，唐诗宋词也好，程朱也好，明清小说也好，实际上是通过上面“三位一体”的通俗形式投射到民间的，在漫长的时间中高端文化与低端文化是一个水乳交融的过程，高端与低端接近完美地结合与自洽。其是非功过不是本文所能谈的，我要说的是即使“文革”期间，八个样板戏一统天下，上述的“三位一体”在民间也并未被完全打破。

传统戏曲自然缺席，但与传统戏曲同脉同构的“武侠演义”小说仍在口头上流行，“说唐”“隋唐”“水浒”“三国”，“十八条好汉”“一百单八将”“杨家将”“岳家军”，“借东风”“空城计”，像日常用语一样不绝于耳。特别是到了“评法批儒”的1973年，传统文化以“内部资料 · 仅供批判”的变态形式又具有了某种合法性，传统戏曲如京剧昆曲虽未恢复但与之一脉相承的武侠小说与民间的“尚武”已通行无阻，舞枪弄棒、压腿窝腰、耍把式摔跤，不要说在广阔的乡村，就是在北京的胡同也死灰复燃。野火烧不尽，春风吹又生，形容 1973 年的传统文化也十分恰当。

北京，别看是首都，某种意义上是放大的乡土，与乡土文化有着千丝万缕的联系，仅从建筑格局上看，也不过是把传统乡村的院子一个个连起来形成了胡同、街、巷、夹道，而乡村的井在并不久的以前，在胡同中非常普遍，在林海音的《城南旧事》中胡同之井一如乡村。在许多旧文人看来，北京也是最有“乡愁”感的城市，比如郁达夫，他就说过只要在北京住过两三年就会“隐隐地对北京害起怀乡病来”。不独中国人外国人也一样，在北京住上几年同样也有某种强烈的“原乡感”，英国作家哈罗德·艾克敦曾在北大教书，离开后却还一直交着北京寓所的房租，老人家总巴望有回来的一天，其自传《一个审美者的回忆录》，北京生活占了很大篇幅，仿佛在北京生活了几十年。

北京“天桥”堪称是“戏曲 / 武侠小说 / 武术”“三位一体”的集大成之地，事实上也是乡村集镇文化的放大，虽然解放后“天桥”消失了，但“天桥”的余脉始终在胡同中活跃着，“文革”期间彻底销声匿迹，但到了 1973 年再度复燃。

胡同里许多蹬三轮的都有着“天桥”的“倒影”，七十年代的北京虽然拉洋车的早已不在，但事实上三轮车代替了洋车，不拉人改为了拉货，是七十年代北京重要的运输工具。自然，也像过去天桥一样，蹬三轮的多来自底层，平时就是靠卖力气养家糊口，眼睛大多毫无内容，如同三轮车本身。

但也像南城总有民间传奇一样，由于种种原因，蹬三轮这一行的人也偶或有世外高人。甚至一看他们的眼神儿就不同，肌肉线条也不同，或者说这种人什么时候都不同。别看苦力负重，一招一式，举手投足，都透着内心的东西。哪怕他一身酒气，喝了半斤八两，你走近他都会感到一种从容的东西，与酒不同的东西，一种稳定的气场。唯一不同的是酒后他的眼睛越发亮，但也越发深不可测。的确，无论从事什么工作的人，只要有本事，最终都会内化为一种内在的东西。

二、王殿卿

王殿卿，此刻我在心里叫出他的名字仍感到一种四十年前的气场：他坐在围观的众人之中。他是核心，别看是蹬三轮的，这时却像个教主。他本不是我们前青厂的，是北柳巷的，我们两条街在琉璃厂画了一个十字，有一段距离，本来是互不来往的。王殿卿五十来岁，个子不高，身体挺拔。日晒雨淋的脸、手臂、胸，均古铜色，手的肤色与脸完全没有区别，眉与眼黑得总像漫不经心。不穿背心，一条黑裤子差不多卷成裤衩的样子，盘腿一坐，稳如泰山，自成庙宇。过了很多年我才知道“泰山”的师父李三站三四十年代在天桥撂跤界大名鼎鼎，解放后下落不明，时光到了七十年代，王殿卿坐在众人之中，俨然就是当年天桥他的师父。

我不知道跤场创办人小徒子当年是怎样认识王殿卿的，怎样有一天在什么场合拜了师，有何种仪式，或者并无仪式，一切都不详。不过就像任何事都有必然性，我们可以反问：如果小徒子不是我们那一带顽主，一条七节鞭打遍几十条胡同，如果小徒子不是动辄就身怀砍刀去和人碴架，如果不是种种“后文革”盛行的流氓性，动不动就“震”哪儿，小徒子会认识天桥出身的王殿卿吗？天桥并不单纯，流氓性与民间性并不好区分，这点在小徒子身上也同样并存着，但吊诡的是，自从小徒子认识了王殿卿并拜其为师，打架反而少了，特别是开了跤场，请来了师父，小徒子就好像归了正果，再没打过什么架。或者用不着打了。流氓顽主最怕两种东西，官府不必说，再有就是真正的江湖——跤场或武馆这类殿堂，后者与前者有着千丝万缕的联系，同时后者又是前者的克星。戏曲武侠反映的是这样，现实有时更是这样，很多时候现实与文化已经互文，水乳交融，至少在七十年代的北京没变。

三、撂跤

小徒子是我叔叔的儿子，比我大几岁，七一届的，没赶上插队，十六岁初中毕业分到石景山热电厂工作。七节鞭、三棱刮刀、大砍刀都是小徒子在厂里偷着加工的。他喜欢冒充部队大院的，一身国防绿，军大衣，绿帽子，别的都不新鲜，但七节鞭非常新鲜，区别于一般的顽主。一是铁棍做的，每节都有眼儿，穿在一起，舞将起来很像有功夫。二是七节鞭与三棱刮刀（俗称插子）有所不同，七节鞭是文化，插子不是，插子是纯粹的流氓工具。不知道我这个顽主的叔伯哥哥跟谁学的七节鞭，或者干脆是自学的？反正要起鞭来别人总要怕上三分。那年插队的人走了，留下年龄空当，小徒子先是在院里称王，然后打到街上，打遍附近的胡同，认识了很多人，分分合合，据说最远一次打到了海淀，那次据说纠集了上百人，最后没真正打起来，但小徒子的顽主地位大增，成为远近闻名的人物。

开跤场之前，小徒子就带领我们院里的孩子练武，压腿，窝腰，打旋子翻跟头，走一些简单套路。套路也不算什么拳，就是七个招法，小徒子称为“七步拳”。七节鞭、大砍刀、七步拳，这些在访到王殿卿之前都不过是一些三脚猫的功夫，而我们院也就像《西游记》书中所说的早期的花果山。等到小徒子访到了类似孙悟空的师父菩提老祖的王殿卿（甚至说让王殿卿收了去），在一个不知道的地方学艺，我们也像书中描写的那些小猴子，觉得神奇。在我们看来小徒子怀揣七节鞭、大砍刀到海淀领头碴架已不可思议，现在又有了神秘的师父，说实话，我们已有点分不清是书中的事还是现实的事，特别当有一天小徒子说已学有所成，我们激动得手舞足蹈，差点把小徒子抬起来。作为文本的民间和作为民间的文本，有时在我们的生活中已很难分清，也说明“三位一体”既是文化也是现实。“后文革”的核心已不是“文革”，而是“三位一体”，是《水浒传》《三国演义》《西游记》，尽管每天还在读报、开会、阶级斗争……“世界还有三分之二的人民生活在水深火热之中”，这些话语像另一种神话，都在空中，但两种神话并行不悖，人们照单全收，完全无碍……就是这时候小徒子要开一个跤场，要我们正式拜师。书上也是这么说的，我们觉得理所当然应该拜，“封资修”、阶级斗争是另一套话语，与我们无关。

跤场本应设在我们院，可我们院太小，但这一点也难不倒小徒子，因为“顽主”小徒子的“领地”绝不止我们院，整个我们这条胡同这一带某种意义上都是他的领地。小徒子毫不困难地选了距我们院有一大段距离的

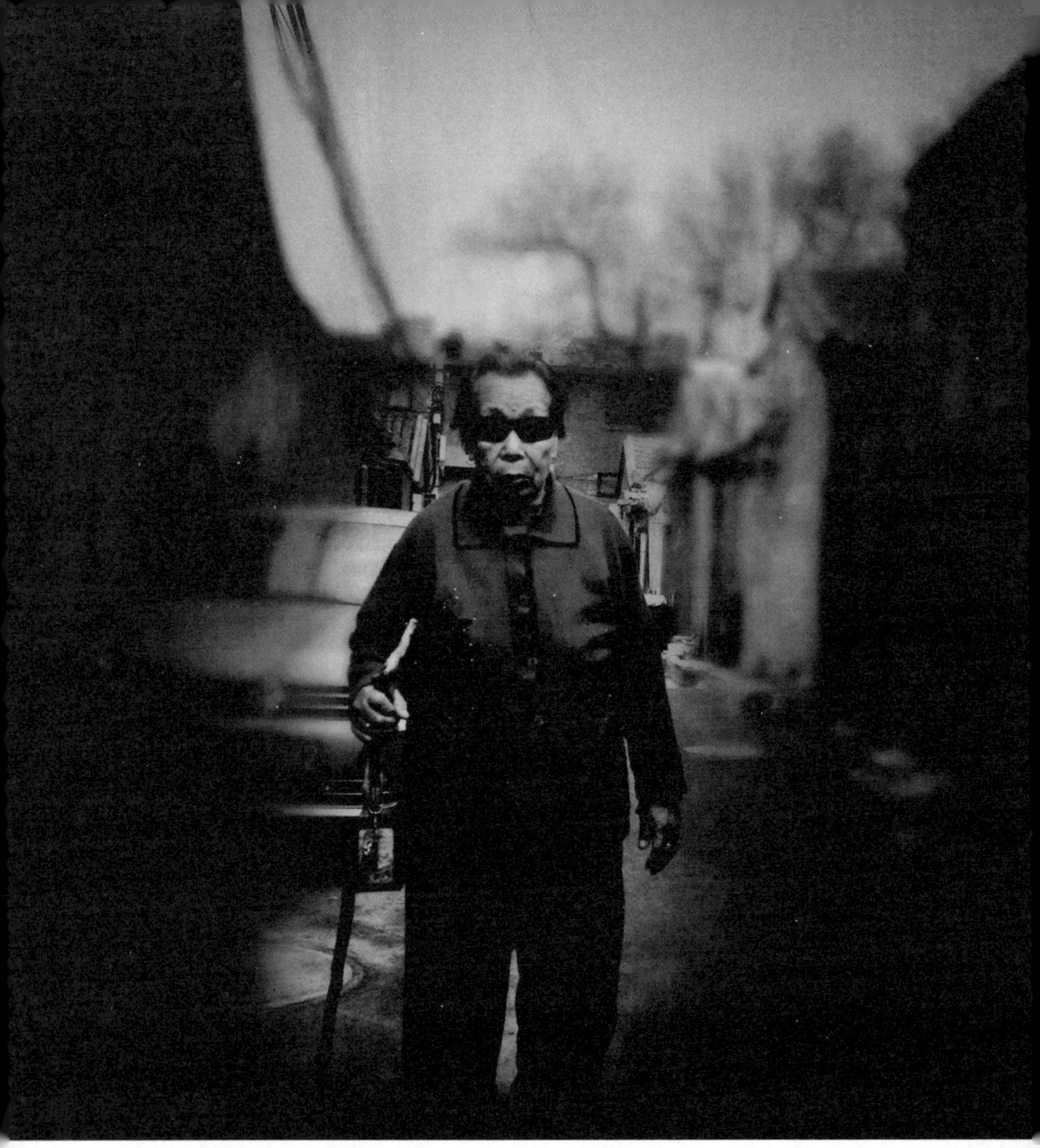

2014.03.28

北京老胡同

生活并不像传说中那样，忧伤变淡了，没有人会将它写成诗歌 。看不见的绝望依然看不见。

——陈惜惜

周家大院3号的门前拐弯的一块空地。小徒子像美猴王一样率领我们这些小猴子拿着兵刃般的锨、镐、耙子、水桶，浩浩荡荡开进那片空地，松土、平整、洒水、做准备动作、压腿、蹲桩、举杠铃、走哑铃、盘杠子。没人管，不仅没人管每天还有许多人看我们。连街道革委会也不管。我们学习如何摔倒对方，捉对儿对抗，一招一式，小徒子指点起来都非常认真。

顽主一旦认真起来还是有些不同，一方面他有一个“流氓”的形象，另一方面又是民间英雄，让人既怕又敬。没人比他更自由，他做坏事自由做好事也自由。生活中常常是这样，做好事更不自由，因此有些好事只有“坏人”才能做成。如果别的人占一块地方，搞个跤场行吗？肯定不行，别说街道积极分子、革委会，就是街坊四邻也会理论。

但是没一个人跟小徒子理论，自然也没人跟我们这些喽啰理论，而事情有时就是这样匪夷所思：人们不但默许了我们，后来还拍手叫好——胡同有了“天桥”的味道，老北京回来了，又有看头了。

开始我们是“麻泥鳅”，就是光着膀子摔，围观的人也不太多。后来有一天，小徒子弄来一套崭新的褡裢。一种多层布制成的半袖帆布，好几层布叠在一起，砸了许多道线，构成结实的格子，又硬又挺，不怕拽不怕扯，每人还配了一条同质地的腰带。两件褡裢当时所需不菲，不仅昂贵而且新鲜，我们一穿上立马身价陡增，我们不再是玩儿闹，有了一种让所有人都惊讶的专业感。这条胡同，这附近何时有过专业感？两件雪白的帆布褡裢甚至让整条胡同都有了一种专业感，让人不由得想到天桥。

另外，有了褡裢，摔跤的方式、用的招式也不一样了，过去两个人往往一上来就搂在一起，扭来扭去，寻机使绊儿，现在不同了，两人先要转圈，摆动膀子、手臂，俗称“斗手”。斗手是摔跤的第一个环节，有许多讲究，首先不能轻易让对手抓住你的褡裢，同时想办法抓住对方，而抓住对方的刹那间“绊子”就得使上，也就是说从“斗手”到使“绊儿”直到摔倒对方是连续的。这样的“绊子”我现在还记得的就有“披”“崴”“脑切子”“穿裆锈”甚至“跪腿蹬肢”。这都需要褡裢，光膀子麻泥鳅使不出这些招。

再有，“斗手”事实上是要有“把式”的功夫的，与武术一脉相通。最主要的是要快，连续，疾如闪电，变化多端，浑然一体。我个子小，单薄，斗手若不快，一旦两人纠缠起来总是处于下风。特别是遇到大个子，有时会被人提起来，脚跟离地，虽不一定被摔倒，但很不好看。因此我特别需要快。我喜欢褡裢，一旦抓住对方，无论有没有把握“绊儿”都要立刻使上，往往不是你死就是我死，几乎具有赌徒特点。

不过这样太“烈”，对抗性太强，平时练习或自家人对抗我不怎么这样玩命，斗手适可而止，架上再说。但若有什么情况，比如有其他跤场的人来踢场子，“慕名而来”“学习学习”“切磋一下”，气氛往往紧张，而由于我有“弱”“慌”“疯”递进的特点，总让我第一个上场，探对方虚实。谁愿第一个上场？谁都不愿，而且整个胡同里人都看着呢，见有人来“切磋”，围观的人比平时多好几倍，里三层外三层，水泄不通，一上来就输了多难看。但小徒子觉得我输了不难看，我就是去实验的，投石问路，而由于我的特点说不定还能有点儿奇迹出现。我说过我的特点是紧张、慌，因慌而疯、而烈、而有种同归于尽的玩命的特点，我往往一上去还没看清对手就“扑”上去了，“脑切子”，或“穿裆锈”，或“披”，通常被高手或身大力不亏的人随便一闪一拽就扔在脚下，个别时候由于我似闪电的“慌乱”，一下把对手摔倒。即便一击得手，之后对手有了防备，我也是一路败绩。除非是第一跤把对手给摔蒙了,我也有“见㞞人拢不住火”的特点,像某类蛐蛐，越战越疯，直到结束也不清醒，不知怎么就把对手摔得一塌糊涂。这种情况少，很难有一回。我有时被称作勇猛，但我深知自己的勇猛是出于恐惧，很多年后我养了一只勇猛的小狗，发现它的勇猛也是出于深深的恐惧，它非常敏感，神经质，看到不熟悉的狗就颤抖着冲上去，一如当年的我。而我们家小狗也是虽然“勇猛”，更多时候却是被踩到脚下，一动不动。

四、王殿卿

我们也去别的跤场“切磋”“指教”，这更让我恐惧。还是我打头阵第一个出场，由于更恐惧，也更慌、更疯，头脑不清，输得很惨，赢得也漂亮。如果一次不赢也不让我打头阵了。无论输赢，事实上都不知怎样来的，如果说这是动物性我承认我有着动物性，但毫无疑问不是狮虎，甚至也不是一般的狗，而是我后来养的那种西施与马尔基斯串的小狗。我对这种狗了解甚深，我不知道本能与恐惧到底是一种怎样的关系？在什么情况下恐惧有助于本能，什么情况下相反，而小徒子骂我的话与夸我的话常常自相矛盾。

宣武公园也有个跤场，或许是当时北京最有名的跤场。由于跤场开设在公园内，四周是古木，跤手与师父看上去颇有些古风。围观的人也多，但秩序井然，某种意义上像一幅从未改变过的民俗画。公园坐落在槐柏树街，距我们所在的前青厂胡同有一段不短的距离，中间隔着宣武门外大街。宣武公园在北京不是有名的公园，也不是什么老公园，原为京城善果寺旧址，解放前已颓，变成城南有名的乱坟岗子。解放后，差不多是在治理龙须沟同一个时期，迁走了乱坟，重修善果寺，在旧址以及周围陆续种了万多株树木，堆山建园，亭椅散落，成为森林公园。如果不是因为摔跤，我可能永远也不会到这里。那天我们跤场的人可以说是倾巢出动，三轮车与自行车混行，浩浩荡荡，小徒子骑三轮车带队，至今我能记上名字的就有文庆、七斤、抹利、二喜子、小迪迪，这些人不光是我们院的，也有胡同里的，他们也都是小徒子的徒弟。

让我们意外的是，这次在宣武公园跤场，我们见到了师父的师父，传说中的王殿卿。我们再惊讶不过，知道了小徒子原来在这儿学的艺。我看到在昏黄的街灯下光着膀子的王殿卿，古铜色，盘腿，卷着烟与两个年纪相当的老人坐一起。看来这儿是祖庭，我们的师父小徒子不过是在我们那片又建了一个庙。见王殿卿如见神一样，我们个个诚惶诚恐。看来这儿的“民间”恢复得更早，林彪一死或许就恢复了，这些蹬三轮的高手，出身很好，什么也不怕，又有天桥的渊源。这是不变的场景，戏文或武侠小说的某些场景也不过如此。绝不能说武侠小说是编的，这个场景让我们如梦如幻。我的叔伯哥哥、师父小徒子到底是有实力的顽主，见过世面，有海淀那样的碴架还不算见过世面吗？我们都缩手缩脚怯怯生生，可我们的师父除了对他的师父恭敬有加，跟其他人都落落大方，毫不怯场，谈笑风生。特别是他又带了一帮大小徒弟，身份又有所不同，介绍我们时称“自家人”，让我们师爷师叔喊了一通。

或许是出于礼貌，师父小徒子这次意外地没让我第一个上场，让比我大一岁的文庆先上的场。我的“疯”无论是输还是赢对哪方面都不好，这儿不是一般的地方，也就是说我在这儿是上不了台面的。我特别高兴这样安排，感到从未有过的喜悦从容。文庆比我稳重，人长得也有模样，因为营养充足又刻苦练功，练出一身漂亮的肌肉。我那时干瘦，没有肌肉，怎么练都没“块儿”。文庆上完是抹利、二喜子，无一例外都输了，输得自然。最后是小徒子上场，赢了两阵输了一阵。在这儿他怎么可能全赢呢？不可能的，即使如此已经非常不错。确实，小徒子除了是有名的顽主，其功夫在这儿也堪称一流，这让我们信心大增，见了世面。见世面不光是看别人，也看自己。

或许是因为后来我们的跤场越来越有声有色，有一天我们的师爷王殿卿移驾我们的跤场，像尊神一样盘坐，以致我们的胡同都仿佛升高了一块，而且这一来再没有离开。无疑小徒子也做了不少工作，或者小徒子本身的分量也足以让师父移驾，反正从那天起每个晚上都能看到人群中古铜色的他，他是中心，中心的中心。有时他酒气很大，喘气很粗，偶尔会越过小徒子亲自指导他的徒孙。第一次接触师爷的身体让我大吃一惊，他的身体那叫一个硬。哪儿哪儿都硬，手、臂、肩、腹、胸、腿，处处硬得像岩石。而他漫不经心看着你的目光正好与身上的力道成反比，让你迷离，如听天籁。你不知道怎样理解他的话、他的指导，但是又有特别的感受。你的紧张的目光与身体是统一的，但在师爷那儿不是统一的，如果石头也会发出光亮，那就是师爷的眼睛。他让我紧张，但不再慌，他传导了一种不明的东西，让我终身受益。他的硬度，漫不经心的目光、手臂、胸、腿，让我的身体像云一样。不仅是如何使某一种“绊子”，关键是让我找那股“劲”，那股精气神儿，我那时不能完全体会出来，只能是照猫画虎。但是有一种东西在我身上种下来，我无法形容这种东西，深不可测，难以言说，我不能直接说其中有某种哲学的东西，但肯定是有奥义的。他蹬三轮，普通得不能再普通，远远看和任何苦力任何蹬三轮的没任何不同，可走近了，他就是不同。

（我摔了三四年跤，一直不了解他，只能是感受他。过去，我很少记述这段生活，甚至忘记了。作为文人它就像我人生的一块飞地，属于我，实际上又好像与我无关。真的无关吗？一切都太有关了。）

动物凶猛

假如一个人快十五岁了，还没正经读过一本书，或者甚至连小人书也没读过，假如他的“处女读”是《水浒传》，会有什么结果？再假如，其时正赶上“黄帅事件”“反师道尊严”会怎么样？还有，在漫长的石器时代的小学，如果他一直处于压抑状态……这些因素合在一起会怎样？

俗话说“少不读‘水浒’，老不读‘三国’”。为什么“少”不能读“水浒”？有没有人追问过《水浒传》到底是一本什么样的书，成年人就可以读吗？当然，不是说不能读，而是“水浒”或“三国”从“人学”角度真的算是文学吗？它们和“人”到底什么关系？在非“人”上它们占了我们多少文化基因？我们所以不同，和这两部书到底有什么关系？

这些都是不能深想的。

1974年，我十五岁时，读了我人生的第一本书。我记得当《水浒传》放在我枕边时，我有好几天都没碰它。我已习惯了没书读，习惯了书从来和我无关。那时院里的小伙伴文庆和我睡一屋，我们家平时没大人，院里许多孩子都到我们家和我就伴睡过。文庆比我大一岁，已能读厚本的字书。

那个许多年前的夏夜，文庆在我身边读《水浒传》，也让我读，可我翻了翻就放下了，就好像我不属于人类。此外书是竖排，繁体，人民文学出版社刚出版的，为“评‘水浒’批宋江”，批投降派，实际上是批周恩来。那时哪知道这些，就知道可以读四大名著了，当然书的一角仍标为“内部”。

我还是愿让文庆给我讲书，他给我讲过《平山冷燕》《桥隆飙》，好像还讲过《大刀记》，我都特爱听，平如衡、山黛、冷绛雪、燕白领，特别是冷绛雪和山黛两位听得我心旌摇荡。我让文庆给我讲“水浒”，文庆懒怠讲就给我读。读和讲不一样，读着读着我竟然睡着了。

这次，文庆死活不给我读了，让我自己看。没办法，“鲁智深倒拔垂杨柳”让我心痒，想知后面的事，有天下午，我奇迹般地在书中找到这段硬是读起来。那个午后，一切都太神奇了，我竟然读懂了进去，并且一发而不可收。我感到了书的魔力，尽管已十五岁，我有时竟分不清现实和书，我觉得我在同鲁提辖一起拳打镇关西，与武松一起血洗狮子楼，与三郎石秀一齐跳楼火烧祝家庄，同李逵一起杀虎，一起骂：“招安，招安，招甚鸟安……”后来我当了班里的“军体委员”，虽然也被“招了安”，但我觉得我比宋江强多了……

此后一发不可收。我大体读的都是武侠小说，有时一读一个通宵。我总是不断地找发黄竖版繁体字的“古书”，读完还讲给同学听，以至班里的女生悄悄给我起了“考古”的外号。我一点也不反感这个外号，我对班里的女生从来不理不睬，总是摆出一副望天的样子，古板，深不可测，女生给我起的这个外号事实也含有这个意思。

1975 年，在上学的路上我经常和几个同学凑几分钱，到商店买七八支烟，有时在铁辂膊胡同，有时在九道弯，我们靠着墙斜挎着书包吞云吐雾，吐烟圈儿，一个、两个、三个，看着数。我吐的不是最圆的，后来有一天一个同学说你们丫臭大粪，现在女的才吐烟圈儿呢，男的都吐烟棍儿穿女的烟圈儿。我们欣然接受，不再吐烟圈儿，改吐烟棍儿。可吐烟棍儿实际上更难，别说再穿烟圈儿了，我们谁也没做到，后来不了了之了。

我们几个都剃了光头，叼着烟，大摇大摆地在街上走着。

班里从农村转来一个学生，姓关，我们都叫他“关农”。关农的家在大栅栏附近，有一次关农说胡同里几个小子劫了他，我们一听火冒三丈立刻出动，带了家伙，一帮人就去了他们胡同，到了挑头的那小子家，把那小子臭揍一顿，还砸了他们家东西。不断换班主任，谁也教不了我们班，教不长便忽然消失。后来一个从东北兵团回来的家伙接了我们班，一米八几的个子，往讲台上一站，不像老师，像威虎山的人。姓星，我们叫他“腥鱼”。开始我们一伙儿掂量了几天，没敢动。他说的话有些是黑话，我们听得出来，琢磨如何应对。当然不能就此罢了，只是看。有一天我们一伙儿人中的L被腥鱼随便找碴儿训了一顿，让L滚，L不出去，腥鱼动了手。忍无可忍，我喊了一声“上！”我们五个最抱团的一伙儿狼似的扑上去，一下扒在了星老师高大的身躯上，星老师一个转身，我们一下全倒了，绝对有点功夫，最主要是他太高太壮了，我爬起来立刻又冲上去，特猛，真像小狼一样。教室大乱，桌椅倒地，腥鱼的衬衫被我们扒下来，露出胸毛与肌肉。直到学校教育组来人方才平息。来了也就来了，有“师道尊严”罪名盯着，处理不了我们。腥鱼也不要教育组介入，把我们留下来，说黑话，讲起哥们儿义气，说不打不成交，要请我们吃饭。始料不及，受宠若惊，我们一下全傻了。老师与我们从来是不可调和的，现在居然和了，我们不知如何是好。

“政策”对我十分优待，上课爱来不来，想走就走，不用交作业。总之只要平安无事，课能上下去，怎么都成。我们踏实了很多天，来来去去，挺没劲的。腥鱼抓紧时间做瓦解工作，找我谈了几次话，完全平起平坐，讲一些特浅的道理，我觉得也对，还夸了我几句，说我这人本质特好，说到我心里去了，我的确本质非常好，现在也这样认为。但话说回来谁本质不好呢？星老师最后以“军体委员”一职相邀,我简直不敢相信自己的耳朵。事实上我知道这样“闹”下去并不好，但我已破罐破摔，什么“好”的东西都不再想,也没法想。现在听说让我当干部？干部,那都是好学生才当的，难道我是好学生了？小学时别说当干部，就是最普通的谁都要加入的红小兵都一直不让我加入，现在我要成五大班委之一了？凭什么？我当然明白老师在利用我，“军体委员”是什么？除了负责体育上操整队，还要负责最难的打铃进教室，但我还是轻而易举被“招安”了，并且激动异常。

我成了宋江，当时就感觉到了这一点，觉得怪怪的。而且我真的管起弟兄们来。谁上课捣乱我先不干了，都知道我狠，但我呢，也是无师自通地又打又拉。官面上我弹压他们，底下我们又混做一团，抽烟，外面打架。我不能失去他们，拥兵自重，贼性难改，说反就反，这点和宋江不同。而腥鱼也远比朝廷好，总是把我哄好。课我上不下去，就开始看闲书，看的书也和我当时的处境非常相似。

1976年冲击波

1976年，作为一个闹将我的时代结束了。这一年毛、周、朱辞世，“天安门事件”爆发，“四人帮”倒台，历史像那年的唐山大地震一样震动，新时代的兴衰际遇开始了。为了肃清“四人帮”的流毒，把被耽误的时间给补回来，学校把学生重组，分成“快班”和“慢班”，以便教学。虽然没有明说，但谁都知道这是把学生分成了“好生”和“差生”，差生等于被放弃了。

我们一向如此。“文革”又何尝不是如此？

我们的历史从不考虑个人感受，历史是历史，人是人，历史构成人，人并不构成历史——人根本无法迎接历史。如此简单分法，对人，特别是对成长中的少年人，是一种巨大而简单得不能再简单的伤害。而我们就是这样简单，一方面称人是最可宝贵的，另一方面人又算什么？前者抽象，后者具体。而我们也从来是这样：两句话中往往后一句才是真实的。

即便如此我还是特殊了一点，那段时间我看着班主任，有一种说不出的劲头。结果，像我预料的那样我没被分到差班。我应该去，但是没有，按学习成绩我分到差班是首当其冲人选。或许我余威尚存,也或许作为“军体委员”——“招了安”的宋江，我还有些利用价值。

我非常落寞，我的一大群弟兄分到了差班，他们怎么那么没用，让去差班就乖乖去了，还乐呵呵的，他们不守规矩，但骨子里还是奴隶。我是吗？我觉得我不是，至少老师没敢动我。但我还是受到很大刺激，主要是我赖以存在的土壤没了，在全班“好”学生面前十分孤立，且不伦不类。

而且，我的作用大大减弱，不用维护课堂纪律，不用轰人们打铃进教室（这是很难的）。我颇有些孤家寡人的味道。

我依然站在队前整队、出操，喊“稍息，立定”口令，可要是论现在最重要的价值标准——学习，我差得不知有多少。我还可以像以前那样不交作业吗？考试有人给做？数学、物理、化学我一窍不通，一头雾水，上课如听天书，课本翻来翻去如傻子一样。一种无可名状的感觉几乎让我主动要求去差班。我在“好”班干什么呢？除了出丑不就是让人窃笑吗？

我只有沉默，硬着头皮像过去那样低头看闲书。

我曾偶然看过一本苏联小说《人世间》，想起那部小说，找来重读，一下入了迷，带上了自己的感情。许多天我沉溺其间不愿出来，不愿见人，不愿上学，就想一个人和一本书。

《人世间》讲了一个养蜂将军的故事。将军被强迫退休，无所事事，靠养蜂打发时光。虽是个养蜂人，可毕竟还是将军，仍有一辆自己的伏尔加牌小轿车。这点特别打动我（想到自己有什么呢？）。

养蜂人怀念自己的过去，回想自己被强行退休的情景，终日发呆出神，反反复复听一首叫“路拉”的歌。当我读到“把一个人从他熟悉的岗位上强行拽开，就像把一个饥饿的婴儿从母亲的乳房上强行拉下”“他出神地望着天花板，老泪纵横，万念俱灰”，这样的描写切中我当时的心境，禁不住我的眼泪也下来了，也望着自己家的纸顶棚。一天，语文老师布置了一篇命题作文，叫“在党的十一大召开的日子里”，要求写一件好人好事。哪有什么好事，我正“万念俱灰”呢，做梦梦见有了一辆伏尔加。

我不想写老一套,也知道自己写不好。但也有一种隐秘而强烈的冲动，幻想自己发生奇迹。我做开了梦。我决定自行其是，写我的梦想，拿出纸笔就“编”起来。我想象自己被分到了差班，写了一个叫王琦的人的故事。我没有任何作文的概念,《人世间》写了一个养蜂人（叫什么我已忘了），我就写了一个王琦。王琦过去不爱学习，但是个孩子王，一直过着骄傲的生活,“四人帮”被粉碎后他的骄傲生活结束了，被分到了差班。王琦为此感到耻辱、悲愤，想发奋努力，把被耽误的青春补回来，但为时已晚，自己被社会无情地抛弃了。王琦破罐破摔，仇视前班主任，甚至对班主任图谋不轨,但最终自怨自怜,只是一个人孤独地回忆,每天“望着天花板,万念俱灰”。有一天过去的班长找到王琦,谈了一次话,鼓励他,希望帮他补习功课。班长过去曾被王琦保护过,王琦有困难班长希望报答。班长的深情与赤诚打动了王琦，王琦开始发愤，学习成绩大长，最终回到了快班。

四百字的作文纸一口气我竟然写了十一页，语句不通，但情节清晰，我为自己写下这么多字而激动，但激动只是一小会儿，马上就被不安代替，好像如梦方醒似的：这是老师要求的作文吗？甚至这是通常的作文吗？我这么瞎编乱造老师能允许吗？作文交上去了，我忐忑不安。我过去何时为自己的作文忐忑不安过，我都觉得自己好笑，因为我从不会写作文，也没怎么写过作文。

几天过去了，我已经完全灰心，为自己的不切实际不合要求伤心。特别想到自己总是出格，走不上正路，就更加伤心。不禁想为什么我总是和别人不一样呢？是不是我有什么毛病？当然，还有一丝侥幸心理，老师到底怎么看呢？那一天来了，我从来没那么忐忑不安，我看到老师手里拿的正是我的作文。别人用的是作文本，我用的是作文纸，我没作文本。我的作文放在一大摞作文本的最上面。老师姓宋，中年人，后来才知道他毕业于复旦大学中文系。他烟抽得特凶，嗓音沙哑，一上来就提到我写的作文，说是一篇特殊的作文，没太多说什么，说先给大家念一下，大家听听。

宋老师操着南方口音一字一句念我的作文，所有人都凝神谛听，我看到人们略微惊讶的表情，能看出他们从没听过这样的作文。一共念了有半节多课，然后开讲。宋老师把它定义为一篇小说。我简直在云里雾中，我的同学也差不多和我一样，这在 1977 年中学语文课上那样的环境里，简直像神话。宋老师一点没批评我未按要求写作文，相反给了我“优”。这是我人生作文得的第一个优，也是在所有方面得的第一个优，对我意义重大，至今也是我人生中最大的奇迹。我的“小说”被拿到别的班去念，拿到全年级去念，我从一个有名的差生、一个闹将，一夜之间成了一个作文明星。

那些天发生了许多事情，有一天一个别的班的语文老师把我叫到她的办公室，好奇地看着我，问我作文里的王琦有没有模特，我完全不知道什么叫模特，一脸蠢相。老师姓杨，当时的穿着过于讲究合身，前挺后撅，很摩登的，我们都叫她“大雕”，其实现在想起来很正常，但当时她有些出格。此外她说话还多少有点口音，表情丰富，说话总是配合着表情，有点洋气。我们叫她“大雕”实际上反映着我们的贫乏，时代的贫乏。

杨老师解释说模特就是原型，我似懂非懂，说实在的，太差了，太野生了，缺乏文明最基本的东西，我想了半天也不明白老师的意思，依然一副蠢相，我从老师脸上读出了失望的表情。她本来很好奇的，或者想跟我聊点什么。其实如果跟杨老师熟悉起来，也许我可以跟杨老师谈谈《人世间》，谈谈它怎样在我身上附体，事实上是一篇模仿之作，将那位被强迫退休的苏联将军，打扮成了分到慢班的“王琦”，也就是我。我和那位将军都是被历史断裂造成的弃儿，但当时，我真的能说出这些吗？

一切都是在神奇中发生的，1973 年我哥哥从山西插队回来，在北京上了大学，会拿回一些书。还有一些“内部参考”书，《人世间》就是一本。但这本书不是给我看的，对我来说是偶然的。二哥也会从图书馆给我借一些书，多是演义、武侠、革命战争小说。二哥上大学对我至关重要，一孔文化之光打进了我们家，《人世间》像其他内部参考书一样不属于我，但就像流星一样极偶然击中了我。时间太久了，至今我不知是怎样神奇地读了它，并且一旦读进去感觉大不相同。这是我中学读的唯一一部外国书，但就是这唯一的一部作品决定性地影响了我。足可见出，真正的以“人”为中心的文学作品与读者天然是一体的，这一点多少部武侠演义小说也做不到。

《人世间》大约并不算是一部名著，一直也不知道作者是谁，多年后回首往事，才在网上查了一下这部作品，尽管只有几条，尽管只是在别人的文章中偶尔提到这部书，尽管没有专门的介绍，但仍让我大吃一惊。

网上有这样一段雷颐先生的文字：

> 1973 年前后，与沙米亚京《多雪的冬天》同时流行的几部书还有：柯切托夫的《你到底要什么》，谢苗·巴巴耶夫斯基的《人世间》，尤金·邦达列夫的《热的雪》《岸》。“文革”一代处于一个特殊的年代，普遍没有受到过良好的教育，思想也大多受潮流影响，真正独立思考的人并不很多，但是由于那个年代普遍的失控和混乱，也使一小部分人因困惑怀疑而发愤读书，从而独立思考，许多人都受到了这批小范围内部流行书的影响，可以认为是“文革”中的启蒙。

《人世间》原是那批书中的一本，那批书可是大名鼎鼎，影响了一大批人，而我是最早受到启蒙的人之一？历史有时体现到一个具体的人身上，就是这么的神奇，像上帝偶然安排的。那么我是怎样得到《人世间》的呢？现在完全记不清了。那么《人世间》在那个混乱年代究竟给了一个少年怎样神秘的影响？难道我的思想起点已经从读谢苗·巴巴耶夫斯基就开始了？我不这样认为，我那时只有感受，潜移默化，不可能有思想，但事实上这也正是真正的文学对人的作用。潜移默化——《人世间》给了我一种人的东西，人性的东西，让我具体感知到历史宏大叙事中的个人痛苦，使我关注到自己的内心与灵魂，并让我在冥冥中以感同身受的人性角度，超越了当时的历史叙事与意识形态，比如“在党的十一大召开的日子里”那种叙事。我不能想象如果没有《人世间》，我能超越、能写出关注个人痛苦的作文，甚至小说。

想想在读谢苗·巴巴耶夫斯基的《人世间》的前后，我都读过什么书吧：《小五义》《大八义》《三侠五义》《平山冷燕》《说唐》《隋唐》《水浒传》《三国演义》《西游记》《说岳全传》《封神演义》《平原枪声》《敌后武工队》《大刀记》《桥隆飙》《铁道游击队》《沸腾的群山》《金光大道》……

我不能说这些书对我没有帮助，某种意义上有很大帮助，但是它们缺少文学中最关键的东西：人，人性，复杂性；人的情感，情感的深度；心理，心理的恒定真实与瞬时的真实。而我所读到的革命与武侠演义、历史的风云际会，其中个人是微不足道的。我有着原生的血性——这是我当时只能读到的中国文学作品所给予我的，同样，我也有着能意识到的内心深邃、细微的人性痛苦，这是《人世间》启发给我的。无疑后者是文学之道、文学之途，一部《人世间》孤立其中，如此的偶然，却决定了我。

有价值的东西有时真的不需多，一点即可。说到底有价值的东西必来自心灵，来自心灵对心灵的打动。苏联文学尽管像我们一样受着强大的历史叙事与意识形态左右，但苏联文学毕竟有着强大的人文或人道主义传统，有着普希金、列夫·托尔斯泰、契诃夫、陀思妥耶夫斯基那样的文学丰碑。即使斯大林时期仍产生了肖洛霍夫、帕斯捷尔纳克、索尔仁尼琴、阿赫玛托娃、茨维塔耶娃这样伟大的人道主义作家和诗人，反观我们，我们产生了谁呢？《沸腾的群山》《金光大道》《智取威虎山》？

我无意贬低我们自己，但我的确在八十年代四顾茫然。

特别是上世纪八十年代初，俄罗斯、欧美文学大批涌进来，我像发现新大陆那样如饥似渴地读名著，越读心里越难过，越读越觉得汗颜，感觉我们是被整个世界抛弃的孤儿。我们有多么荒凉就有多么孤独，当我读到《百年孤独》的时候，我感到我们的孤独远胜于拉丁美洲的孤独。假如我二十岁之前读过巴金、茅盾、沈从文、老舍、曹禺、张爱玲，我的孤独感是否会少一些呢？我想是这样的,但是我的整个阅读基础是在十年“文革”中形成的，我根本不可能读到祖国文学的精华，仅有的一个鲁迅，也成了一个政治符号。

八十年代的外国文学之于我，无疑是荒凉之上的圣殿。从 1979 年我上大学开始，差不多长达十年时间，包括在西藏的两年，我都在读外国文学作品，小说、诗歌、传记、哲学、随笔，甚至书信。我上的是分校，走读，那年我能考上一所大学分校已实属不易，多亏了林乎加先生爱惜人才扩大招生才有了我的大学生涯，我相信那年上分校的一万八千多名学子永远会记住林乎加感谢林乎加。我读的那所分校是由一所中学改成的，没有图书馆，临时搭建了一排活动房做阅览室，大量进书，订杂志，包括《世界文学》。

书都是崭新的，主要是外国文学，就是在那样一个简陋环境里（当然也常去北图）我读了难以计数的外国名著。像《九三年》《悲惨世界》《红与黑》《多雪的冬天》《大卫·科波菲尔》《约翰·克利斯朵夫》《唐璜》《被缚的普罗米修斯》《当代英雄》《爱丁堡监狱》《复活》《红字》《洪堡的礼物》《安娜·卡列尼娜》《鼠疫》《老人与海》《城堡》《审判》

《局外人》《橡皮》《鱼王》《喧哗与骚动》《百年孤独》《第二十二条军规》。我读得慢、仔细、悉心，如《安娜·卡列尼娜》，我的日记就有这样的记载：

1981.10.12　读《安娜》，认真仔细，托氏的作品有时很沉闷，开篇总是很精彩，天才的匠心，但就整体结构来说总给人一种堆砌感，事无巨细，冗长唠叨，典型的庞大笨重。但从细部来看托氏塑造灵魂的天才是无与伦比的，特别擅长刻画人物动态的思想意识活动，他的细致漫无边际。

1981.10.14　《安娜》上部终于读完了，心灵正是在这样的承受着细致的漫长的苦读下成熟的，我相信这样的苦读精读对于我的益处将是深远的，对我的感觉器官更是一个成熟的促进。

在西藏的两年中，重读《喧哗与骚动》也有这样的记载：

1986.6.16　重读福克纳《喧哗与骚动》“班吉明”一章，尽管读来那样恍惚，却有一种感人至深的气氛，凯蒂的性格鲜明感人，极可爱，她是傻子班吉明生命的源泉、灯盏。虽然本章写了几个人的死，但因为有了凯蒂，这是“爱”的一章。“昆丁”一章没读完，觉得颇艰涩乏味，不好，太像福克纳本人的样子。

读文学名著使我获益匪浅，尽管九十年代我没怎么读书，甚至也放弃了写作，但1998年再回文学毫不感觉吃力，一下就上手。我想是由于那段十年苦读，特别是在西藏的两年，那种天上人间如入无人之境的阅读，已如血肉般长在我的身体内部。十年悉心苦读我想应该可以造就一个人了，我想就算我有着十年“文革”的废墟，在这废墟之上我已建立了一座圣殿。我会继续沿着人道主义的方向研究人，发现人，表现人，正如一位哲人说的：历史对人的定义下得越宏大，我们对人的研究就应该越精微——我想这是我读外国文学感受到的一条道路。这条路实际上早在我读《人世间》时就隐秘地开始了。《人世间》可能至今算不上一部名著，但却是我人生道路上最早的一盏灯。

北京图书馆

许多年前，北海公园关闭，直到 1978 年 3 月才又重新开放。没人知道当时为什么关闭，没有任何交代，后来历史大幕拉开一角，才知道是江青、王洪文等少数人占据了北海，公园成为他们“革命”间隙休憩的地方。谁说那时没有腐败？或者腐败得不厉害？这是什么性质的腐败？几个人把一个著名的公共场所，所谓的人民公园据为己有，历朝历代有吗？

但这事发生在 1971 年，最革命的时期。

但我要说的不是这件事，是北京图书馆。主要是二者离得太近，一栅之隔，从大的空间上看北海——北图可以视作一体。如果坐在阅览室靠窗的位子伸个懒腰或休息一下眼睛，即可望见北海碧波荡漾，轻舟影斜，琼岛春阴。特别是冬天的雪，银装素裹，白塔显得更加素白，换句话说北海的四季就是北图的四季，没有对北海的记忆，北图的记忆是不完整的。

北京图书馆原名京师图书馆，建筑本身即是一部书，是古代社会向现代社会转型的空间作品，后来再也找不到如此完美的结合。从北海刚一过来，右首一并不宏伟的朱门，但标志性的主楼气度不凡，裙楼分布两侧，形成两个面积很大的天井花园。主楼为汉白玉雕栏、石阶，类似故宫的某个大殿，龙雕显示着东方气度，整体建筑平面造型为“工”字形，预留了未来发展空间。仿木钢筋混凝土架构与细部做法合乎清代营造则例，内有数千种不同年代的地方文献资料，从宋代最早形成规模的方志影印本，到方志发展鼎盛时期的明清两代古籍，从最早馆藏南宋辑熙殿、明文渊阁到清内阁大库的藏书，尽显古代风流。内部功能设计灵活多变，现代气息化为无形，集借、阅、藏三位于一体，打破了古代“藏书楼”封闭办馆观念。读者、书籍流动起来互为通道。配楼阅览室与半地下书库，以木旋梯上下连通，方便取书。阅览室、研究室，环境幽雅，舒适，光照充足，瓦当屏风又提示着历史与时间。馆内花园有个小门，可直接走进北海，一见碧波与神秘的白塔，但我从没找到过这个传说中的小门。

北海重开，北图也像重开一样，那些年谁没来过北海——北图？它们无法分开，是那个年代京城最主要的地标，是精神的最高殿堂，最美风景，留有最多的记忆，且这记忆与历史相通。三千年未有之变局，但不管怎么变北图的地标都像是定海神针，何时走到这里都有一种走进庙堂的感觉，天不变道亦不变，都要有一种从容，心静。无论走府右街也好，走南长街也好，走景山后街也好，走五四大街也好，四面八方的人向这里汇集，那时有多少人在向心的路上？

以至常常未开门已排起了长队。排长队进图书馆当然也不正常，正常的是这里安静，外面看不见什么人，你以为没人，但里面总有不少。总有人走上台阶，或从台阶下来，穿过花园、广场……排大长队是因为历史的堵塞，“十年浩劫”之后，书是最让人感到饥渴的东西。

书荒是那些年最大的荒，真是荒。艾略特《荒原》那时影响为什么那么大？因为不必知道诗的内容，仅仅这两个字就够了。

而我的情况也还有点特殊，1978 年高考落第，正想去当兵，北京大办分校，300 分以上全部录取，我又被收进大学。学校原是一所中学，坐落在北京南城一个叫西砖胡同的小胡同里，稍大点的车都开不进来，离法源寺与伊斯兰教协会的绿穹顶都很近。每天我们像胡同里的小学生、中学生一样上下学，小小胡同混合了三级学生，也算当年的一个奇观。

我上的学校叫北京师范学院第二分院，中文系，其他还有化学系、数学系、历史系、物理系、政教系。就这六个系，有的系只有一个班。中文系人最多，有六个班。整个教学楼满满当当都是我们这一届学生，再没多余的空间，以致第二年无法再招生，第三年也是，到我们毕业时，这所大学依然只有我们一届学生，我们是“独生子”，毕了业学校也就停办了。

学校没有操场、宿舍、礼堂、主楼、阶梯教室，没有图书馆、草坪，更没有水面、树林。没有实验室、报告厅，甚至没有教授——靠教室内的闭路电视教学。只有一个四层楼，一个篮球场。

尽管如此，我却没有任何怨言，相反觉得非常幸运。

像我这样的人，底儿那么潮，无论什么大学能上一个也算奇迹。

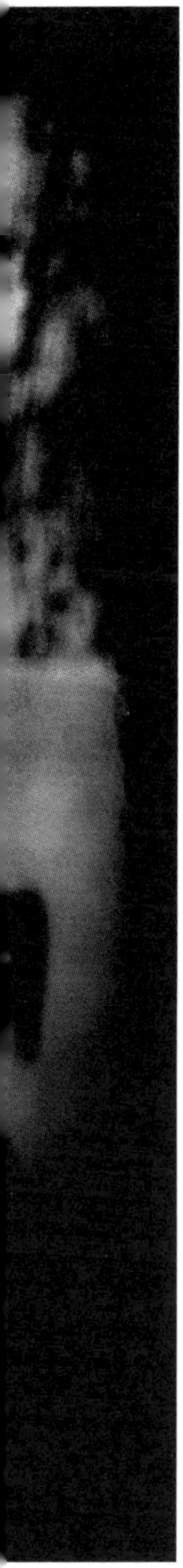

2013.04.06

北京北五环

每个人心中，都有一座城市，
无法放下，也回不去。
这座城市叫做“从前”，
也许从来不曾带人去过，
但它一直在那里。

——陈惜惜

走读也挺好，既然每天穿过这个城市，我不妨把整个北京都看作我的大学，就如同高尔基的大学，而北京图书馆也就理所当然成为北京这所大学的图书馆。

每每走进北京图书馆，站在汉代瓦当屏风处，以及具有空间感的连接半地下书库与阅览室的木旋梯上，我都有一种深邃的大学感。窗外的北海比之未名湖甚至东湖如何？每每在北图感到一种巨大的安慰。特别是我立志于写作，作家不需要培养，无须教师，书与图书馆就是最好的老师。唯一遗憾的是这儿不是一个人一所学校的图书馆，是所有人的图书馆，每天来看书的人太多了，平时还好，一到周日就得拿号。

为了一个好的座位，比如靠窗的座位，早上五点多就得起来，排在前边的有选择座位号的特权。

回想具体的借阅过程，每一个细节都有岁月的温度，通常拿着借书证先到主楼一层选书，这里有许多有小抽屉的柜子，抽屉里有许多卡片，每张卡片上记有书名、作者、出版社、内容简介。按字母排序，一个字母是一类，抽屉是大类，字母上是小类。很多时并不知看什么书，而是翻找分类，觉得是想看的书就记下编号，上到二楼借书的地方送上编号，传送带把书慢慢从书库传出，管理员将书送达手中。拿到书绕过二楼的天井，就可以到环境幽雅的大阅览室尽情阅读。阅览室的长条桌上有绿色灯罩的台灯，阴天或光线暗时，打开台灯可以清楚地看书，即使天气好也有人希望开灯。

西配楼是另一个独立借阅区，这里的书刊不能借回家看，只能在阅览室看，闭馆送回。与主楼不同，这里设计简单，阅览室与借书处一体，选好书到柜台上交给管理员即可。进门处同样有许多卡片柜子，上面排列着许多卡片抽屉，抽屉上标明文学、艺术、历史、音乐类别，拉开抽屉里面依然是更细分的卡片，旁边有借阅单，选好书，填写好借阅单，交到柜台即可以在座位上等书了。这里用学生证即可借阅，通常拿学生证换座位号，学生证押在阅览室前台，走时候再用座位号换回。我更经常来这里借阅，因为这里可以借到最新的杂志期刊。我从来没借过解放前的杂志期刊，我要呼吸的是当代，杂志期刊便是最当下的呼吸。特别正是思想解放时期，必须了解当代，呼吸当代。当代与名著，我在这里保持着交叉阅读，如果我不选择文学而是选择做学问，我会更多选择文津楼借阅，那儿不仅环境好而且是中国古典文献宝藏。在那儿可以两耳不闻窗外事，是真正的做学问之地。我相信那里做出的学问是大师级的学问，哪怕没有师承。但我要的是原创，是从古至今的原创，包括国外的原创。我需要将曾经禁锢的一切窗子打开，那时流行着罗曼·罗兰在《贝多芬传》中的大声疾呼："打开窗子吧！让自由的空气重新进来！呼吸一下英雄们的气息。"贝多芬是冲击那个时代最强的人之一。我就不一一列举在这儿读到的书了，你可以想象北京图书馆是一个怎样的世界。

当然，一个年轻人，面对这样巨大的世界也会感到孤独。但孤独并不源自书，书没问题，孤独源自自身。青春，我二十出头，青春发育完好，而这儿并非真的我所在的大学的图书馆，因为这儿没有同学、校友、老师，这儿全是社会人、陌生人。但这儿又同样都是年轻人，都在发愤阅读，实际又有共性，有共性就不免产生共同体的感觉，不免想入非非。如果旁边坐着一个女孩，余光常常不由自主映现一种类似海市蜃楼的东西，心就有点乱。公共场所，读书的女孩总有一种唯美，一种莫名的动人，仿佛她们应该在自然界，但在这儿就更是神奇。如果偶或对视一下，内心就更是轰然，但还要装作若无其事，并且知道这是虚妄的。这样的情况是经常的，并非同一个女孩，今天是这个，明天是另一个，一次次海市蜃楼，一次次自生自灭，有时非常强烈，虽然一整天都在阅读，某种东西却挥之不去、如影随形，在图书馆的穹顶之下难以自已，又突然崩溃。直到女孩消失，第二天也未见，症状才彻底消失。我太清晰地记得那种周围全是人的寂静与孤独，那种青春相关却又毫无关系地各自绽放，空间飘荡着花粉，绿又是一种无可争议的沉默，只得死心塌地回到书中。有时读书的效率很低，恍恍惚惚，一天就过去了。为什么那么怀念北图，为什么温暖而百感交集，因为那里不仅仅是阅读，因为就算是读的书也和现场关联，普希金的《驿站长》，莱蒙托夫的《当代英雄》，拜伦的《唐璜》《希腊的少女》，汤显祖的《牡丹亭》，王实甫的《西厢记》。李商隐、秦观、济慈、雪莱，一切都和青春相关，一如眼前的读书少女，窗外的碧波、烟树、白塔……多么青涩、迷幻……

但青春实际上又是一个慢慢凝固的过程，因为如此迷幻，所以凝固之后才依然那样富有生命力，外表像石头内心依然敏感，“石头虽坚硬，可蛋才是生命”，一句摇滚歌词说明了那时的青春，图书馆的青春。

永远感谢北图的阅读，因为那不仅仅是阅读，还是生长。我不知道那时如果一头扎进古典文献会怎样，比如先秦、诸子百家、《左传》《资治通鉴》、王阳明或程朱等，我相信也一定不会比我作为一个作家差，或许更有所成也未可知。北图不会辜负人，会成就各种各样的人。

北图斜对面，有家朝鲜冷面，不知各位还记否？泡北图，中午填肚子总是问题，如果不带饭，中午简单的吃食只有去那儿，那是附近唯一的一家餐馆，没第二家。之前它好像不是餐馆，只是个早点铺，有一天，忽然就改成了“朝鲜冷面”，很简单的几个红底白字，没一点文化却引来无数学子。这是 1979 年，或者 1980 年，最迟不过 1982 年的事。如果它不是京城第一家朝鲜冷面，也是最初几家之一。面馆面积不大，七八张桌子，远远不够来人坐的，人们只能站着，堆在门口，或就在门口吃，远远看去这儿就像蜂窝一样饱满热闹。冷面有诸多特点，经济、快捷、凉爽、筋道，有一片苹果、一片牛肉、一瓣鸡蛋，营养也有了。无疑是一种文化，是足以对应北京图书馆的那种文化。说是斜对面，其实还是有些距离的，出了北图，得沿文津街往西走，过了宗教局，到府右街丁字路口才是面馆。尽管如此，学子们还是源源不断向这儿走来。

另外，出来吃饭要退掉座位号，回来可能就没座位了。要重新排队，有了空位才能再进去。不过对于图书馆的常客也还是有所照顾，图管员基本已认识你，软磨硬泡，千恩万谢，也可不退座位，也可打破成例。读书苦其实有时就体现在中午。感谢那时的管理员，那时总有一种人性，一种变通，在经历了劫难之后，都有一种同情，一种悲悯。即使有规定能忍心一个如饥似渴的阅读者饿着肚子阅读吗？能忍心他回来就没座位了吗？特别又是常客。

后来北图搬迁到紫竹院，改名叫国家图书馆，北图的宫门一样的大门关上了，有点像当年北海的关闭。当然不一样，但感觉仿佛一样。这儿不再是我的地方，我曾那么熟悉的地方，一下变得如此陌生。紫竹院的国家图书馆我拢共去过不超过三次，喜欢紫竹院，却一直喜欢不起来国家图书馆。有时路过北海老北图，却没一次尝试推一推沉重又沉默的大门。应该和老北图告个别，但是怎么告别呢？于是最后一次去国图，算是向老北图告了别：一种双重的告别。八十年代也是一个告别的年代，甚至不是一个怀旧的年代，就是告别。九十年代之后至今又路过许多次老北图，一次见到挂起白牌，写着“北京图书馆分馆”，觉得像是某种玩笑。干脆什么也别标了好不好，要么干脆改成北平图书馆，或者只叫“中国图书馆协会”也行，反正只当北图没存在过岂不更好？叫分馆我不接受，如同一个人可以是别的什么人，但不能既是别人又是自己。我想说的是，我当年的北京图书馆无可代替，我的饥饿、我的青春，都在那儿保存着。

虽然再没去过老北图，但“图书馆”这一符号已深深嵌入我后来的写作，我的五部小说都出现了书的主题，有三部直接写到图书馆，图书馆成为我的小说中不可或缺的内容，甚至情节的发动机。我最新的长篇小说《三个三重奏》干脆写了一个人一生最大的梦想就是建一个自己的图书馆，而他居然建成了，在这个人看来，那所有存在的都已存在于书中，他不必来到现实之中，甚至不必拥有现实——这不就是当年我在北图的情形？你凝视过什么就会被什么塑造，凝视过虚无会被虚无塑造。

美术馆

美术馆的外置长廊高旷、凉爽，由于修竹的翠绿使反光的石质有了浓浓的阴影，置身其中，阳光无论多么强烈都感到一种大反差的幽深。有一次我靠着石柱竟然小睡了一会儿，醒来感觉颇为异样：我、美术馆、修竹，本是一个画面却又在迅速分解，我能看到自己如何使画面不断分合。修竹显然是最贴合人的植物，许多巨大的公共建筑都有松柏一类的绿植，但都不如竹亲切，人民大会堂、历史博物馆、天安门，都缺少一种竹的妙境。竹既具东方的灵性又兼具西方的抽象，或许这也正是美术馆的不同之处。

现在叫中国美术馆，我们那时就叫美术馆。

美术馆坐落在北京“五四大街”上，“五四”已有很长年头，但作为街却很短，不过一站地，是一条从故宫筒子河斜过来的街，西头带着一小段弯曲，一如历史的弯曲。“五四大街”及周边分布着景山、北海、北京图书馆、北大红楼、故宫、五四书店、三联书店、商务印书馆、人艺、中华书局、华侨饭店，太多的历史地标让这条街难以撼动，成为今天看来北京变化最小的一条街。美术馆在这些地标中历史是最短的，却有着不亚于北大红楼的特殊意义，在这个国家从禁锢到苏醒之间，扮演过独特角色。

我不记得自己第一次走进美术馆的时间。不是小学，也不是中学，我的小学和中学是在“文革”中度过的，那时没有美术，也不知道美术馆。应该是1979年我上了大学后，“人”开始苏醒，美术馆才进入了我的视野。我清楚地记得1980年，春寒料峭，不仅季节春寒，时代也如此。我在一幅名叫《春》的作品前伫立良久，许多人也像我一样默默伫立，观众里三层外三层，想一个人慢慢看根本不可能，几乎每幅画前都如此。不能用现在的心态看那时，事实上那时也没人想一个人静静地看，那时大家就是想一起看，一起共鸣，那时所有人仿佛都从“荒原”走来，都到了“海边”。

这幅画正好是海边，是一个共同的蓝色的场，甚至连呼吸都是共同的。所有人都是一个人。现在看这幅《春》也许没什么，但当人们在刚刚从“史前”般的“文革”还原为“人”，唯美的《春》，没有任何政治宣传的《春》在人们心中石破天惊就一点也不奇怪。或者就如同十年不让你照镜子，突然照见了自己，那是怎样的心情？那自己如同一个去掉镣铐的人，一个刑满释放人员，一个流浪归来的人，一切都如春，春天，大海，波涛翻滚……

《春》的画面是一个海边少女的背影，背影总是让人想看其正面，让人遐想，自己完成正面。少女一身整洁的白色衣裙，两条长辫披肩，面对大海，拉深棕色的小提琴——大海与少女，与音乐，与潮起潮落，一切怎不令归来的人像冉·阿让一样缄默。当然了，回忆时刻都在伴随。

不必回忆，旁边就是一幅:《1968 年 × 月 × 日雪》。

这是又一幅大幅油画,同样里三层外三层的人。画面描绘的是武斗场面:雪，血——无谓的血，混乱的血，恐怖的血，青春的血。这些“血”与春天海边拉小提琴的少女构成两极，构成了对话、追问、反诘。这是 1980 年全国美展最引人注目的一幅画，非常直观，是一切归来者的刑场，怎不让人缄默？因为有纯美少女的存在，苦难变得深沉、沧桑，甚至善良……这便是 1980 年，现实本身与表现方式都带着雨果的维度。这样的美展不是看画，而是看思想，艺术技巧居于次要位置，因为一切都太迫切、太沉重。

如果说上面两种震撼之外还有一种更深的震撼，那便是《父亲》。《父亲》超出了隐含的雨果，指向了更复杂的东西。我们的现实与历史很难用一种东西统摄,刚刚建立的一种东西很容易因另一种东西而坍塌、解构，据说后现代主义的一个思想来源便是中国的庞大与不可把握性，1980 年中国与后现代无关，但并不表明与这种思想无关，反正不管怎么说，因为罗中立的《父亲》我觉得《春》与《1968 年 × 月 × 日雪》都变淡了，刚刚建立的模糊的雨果的东西突然无所依凭，对某种东西产生了根本的怀疑，包括对自身。问题不在于我们如何面对《春》《1968 年 × 月 × 日雪》，它们是真实，但还不是立体的真实，不能解决《父亲》提供的东西，因为每个人看到《父亲》都看到了最深刻的自身。一种神话被彻底打破，画面与其说放大了《父亲》脸上的每一个细节，不如说放大了我们每一个人的灵魂。《父亲》的脸一如我们文明发祥的黄土高原，皱纹一如沟壑，晶莹的汗珠就是我们晶莹的灵魂。那只手，沟壑构成的手，干裂的嘴唇，无法发出声音的牙，一切都诉说着什么，却老实得什么也说不出。甚至他手中的粗瓷碗似乎也诉说着什么，但究竟是什么呢？他自己说不出。只能别人替他说，但别人也无法说。碗里没有水，干裂，见底，此时只能让人落泪，冉·阿让再缄默，善良，此时也不能表达父亲那样的善良，

2015.04.25

北京琉璃厂附近

生命在别处，异乡在此时。来到回不去的“故乡”，在这一座陌生的城市，认领未曾知道拥有的过去。

——陈惜惜

无主体的善良，一生的希望都寄予了别人的善良。

但父亲得到了什么？这是真正的史诗，一张肖像概括了整个时代，概括了所有的言说，这就是画的力量。据说《父亲》参展前叫《我的父亲》，评委吴冠中认为用“我的”太小了，应该把“我的”拿掉，就留“父亲”。吴冠中是对的。美术馆不仅仅是美术馆，还是祭坛。

1980 年时间过得飞快，跨度极大，一年的时间仿佛过了许多年，以《父亲》《春》《1968 年 × 月 × 日雪》为代表的现实主义作品引起的轩然大波还处于巅峰，我甚至以为艺术到此为止，不会再有超越了，结果一场现代主义作品展又把我抛在时间的旋涡中：“星星美展”，让我目瞪口呆。从现实主义到现代主义跨度只有一年，地球的转动好像仅仅为中国加速，美术馆仿佛变成天文馆，斗转星移，又是一个时代。事实上，看“星星美展”前一分钟我还沉浸在《父亲》的震撼中，一分钟后开启了又一个时代。

当然，“时间”如此之快也和我个人情况有关。我上的大学是个条件简陋的分校，走读，年龄大的同学占多数，缺少背景，特别珍惜勉强得来的大学机会，绝大多数人只是刻苦学习知识，思想保守、狭窄，行事按部就班，总想把过去损失的时间夺回来。殊不知思想更重要，思想不往前走，知识有何用？尽管我算活跃的学生，仍不知社会上发生的许多事，即使后来知道了也慢了好几拍。许多事我是凭直觉撞上的、摸到的，比如“星星美展”。

“星星美展”登堂入室，进入美术馆展出之前，有许多艰难的事，但我全然不知。它与《今天》有关，但我甚至连《今天》也不知，还是在“星星美展”上才知道了《今天》。我不知道一年前，也就是 1979 年美术馆“建国三十周年全国美展”，馆外公园的铁栅栏上，就挂上了许多大大小小风格怪诞的油画、水墨画、木刻版画、木雕作品。据说这是“星星”的首展，有23个人提供了150余件作品，《今天》的成员参与了策展活动，并且将诗挂在了作品边上。这次展览期间有艺术家被拘留，作品被没收，尽管如此残疾人马德升仍面对500人演讲，主要成员黄锐发表了宣言。1980年夏“星星”成员努力使自己合法化，成立了“星星画会”，向北京市美协正式注册。画会主要成员为黄锐、马德升、钟阿城、薄云、曲磊磊、王克平、艾未未、严力，多种因素的作用下美术馆第一次向来自民间的组织打开大门。1980年8月31日，当我走进美术馆，偶然遭遇“星星美展”，对上述一切一无所知，因此就像遭遇了一场陨石雨，完全惊呆了。

我感觉像来到了另一个星球，首先完全看不懂，比起《父亲》《1968年 × 月 × 日雪》更不用说《春》，完全陌生，不明白怎么会有这样怪诞的作品。我被王克平的木雕吓坏了，那枣木色拉长的脸，不可一世的气度，一只眼大，一只眼模糊不清，那变形的蛮横的嘴，武装力量的帽子，像谁呢？似曾相识？像某个人但又都不是。你不懂，但又像是懂，不言而喻，不用说出。一幅有关长城的画，完全不是熟悉的长城，与民族象征无关，完全像锁链一样。锁链的意象极大地震撼了我，旁边配有江河的诗：我把长城放上北方的山峦，像高高举起的锁链，像刚刚死去的儿子，它还在我手中抽搐……石破天惊的文字，匪夷所思，这可是1980年，距阶级斗争的语言还非常近。北岛、芒克、顾城、江河、舒婷都有配诗，北岛的一句“星星永远是星星吗”也让我内心轰然，而当时这些人我一个也不知道，不明白怎么一下冒出这样的语言？这不是与那个时代同日而语的语言，几乎是另一个星球的语言，却又分明属于这个国度。

我回到画展的“前言”，长久伫立：

> 一年很快融进历史。我们不再是孩子。
>
> 我们要用新的，更加成熟的语言和世界对话。艺术本身是一种标志，表明作者有能力抓住美在宇宙中无数反映的一刻。那些惧怕形式的人，只是惧怕除自己之外的任何存在。世界在不断地缩小，每一个角落都有人类的足迹。不会再有新的大陆被发现。今天，我们的新大陆就在我们自身。一种新的角度，一种新的选择，就是一次对世界的掘进。
>
> 现实生活有无尽的题材。一场场深刻的革命，把我们投入其中，变幻而迷蒙。这无疑是我们艺术的主题。当我们把解放的灵魂同创作灵感结合起来时，艺术给生活以极大刺激。我们决不会同自己的先辈决裂。正如我们从先辈那儿继承来的，我们有辨认生活的能力及勇于探索的精神。我们在新的土地上扬鞭耕耘。未来必定是我们的。

这一天就语言而言我和许多人一样还是旧时代的人，但今天，这短短的数百字已将我内心的语言更新，也将我所处的时代更新。我一遍一遍读着“前言”（出自北岛之手）内心升起诸多火把，连最远处最暗处仿佛都被火把照亮。我甚至环顾四周，觉得这是中国吗？中国怎么会出现这样的文字？我觉得新的历史向我走来，并与我个人的历史重合。当晚我记下了这样一篇日记：

1980年8月31日　星期四

下午到美术馆看星星画展，虽然有许多画看不懂，但我却很喜欢。画，大部分色调暗淡，意义很隐晦，但给你极深的印象，使你觉得这里有某种深不可测的力量。我的心感觉强烈，使我思考。中国人灵魂的火，在这里用一种变形的艺术爆发出来，一反古老的传统，有朝气，有力量，使你既深沉，又强烈，思索一些你头脑并不清楚的问题。总之，它让你思考，尽管不知在思索什么，你感到心充满要爆发的力量，通过变形的夸张，造型的怪奇，色调的突兀、怪诞，表达了一种强烈的火一样的情思：对丑恶的批判，对美好的赞扬，对光明的追求，对传统的挑战，对黑暗的控诉，要求解放，向往自由。总之，星星美展，对我总的感觉是强烈，强烈，有力，有力，就是说，不能这样生活下去，要变，要变，中国人的灵魂要来一个大翻身，要在我们的古老的民族的灵魂的废墟上，建立起崭新的民族之魂，未来属于这一代年轻人，中国人从此站起来了！星星呵，启明的星星呵，你是太阳到来前的先导，在黑暗中，你给了人们最初的一线光明，让我们满怀希望地在心中迎接那光辉太阳的腾空！

这是我三十五年前的一篇日记，三十五年，至今读来心中依旧怦然。这一天个人与历史重合，历史的心跳也是我个人的心跳，历史的音乐也是我个人的音乐，这已不是美术而是历史，应该不叫美术馆而叫历史博物馆。但这又是美术馆，是真正的“美术馆”：真正的国家美术馆。一个国家，像一个人一样在反思自己，这在整个人类历史中可能也不多见。

一次未谋面的造访

大约 1981 年，或稍晚些时候，我曾拜访过一次北岛，虽然未能谋面，却烙印在记忆中。回忆那次拜访，想起许多旧事，一晃二十年了。一直想就此写点什么，又觉没能谋面总是十分缺憾，说什么呢？但每每看到象罔与罔象有关北岛的文字，又总是心有所动，往事如烟。

至今，我对北岛怀有一份敬意，二十年没变。

或者说时至今日，我仍没走出也不想走出北岛的影子，我愿始终被我们这位时代的伟大诗人所笼罩。我最终没成为一个诗人，但北岛始终在我浅陋的文字生涯中存在。我这样说是因为总觉得北岛之于我的意义与别人有所不同，这主要是我与北岛这名字相遇时，基本处在一种话语蒙昧的状态，是北岛一下使我走出了一个旧时代。想想 1980 年以前中国的语境，说北岛的语言如剑破长空当不为过。

我是 1979 年 2 月进入大学的，那年我二十岁，之前基本处于后“文革”时期的文化野生状态，没受过系统纯正的人文教育，虽然因“野生”有一种原始的自由感，但整个意识形态、日常话语还是旧时代的，仅凭幸运和一点小聪明，在特定时代由一个街头混混脱颖而出，进入了大学。毫无文化根底，但又凭骨子里的野生嗅觉与北岛的诗歌相遇，一拍即合，如同从不知肉味的狗突然寻到了陌生的骨头，那种根性的兴奋无以复加，尽管读不懂北岛，但闻懂了，从此再也不能忍受旧有的草食，整个思维与语言系统仿佛一夜之间蜕变，野性非但没改，反而插上了新的意识形态的翅膀，激进而贫乏地飞翔起来。

这个时刻具体发生在1980年“星星美展”上，我读到了北岛的“星星永远是星星吗”“天空飘浮着死者的影子”，江河的“我把长城放在北方的山峦，像高高举起的锁链，像刚刚死去的婴儿，他还在我手中抽搐”，这种语言让我惊骇、震撼，我知道它们同样也是我骨子里的语言，可我从来没见过!

需要指出的是，北岛、江河在1980年前后是一种十分孤独的崛起，只引起了部分青年的共鸣，不但不被官方话语认可，甚至绝大多数在校读书人也不认可，他们仍止于被过滤的鲁郭茅巴老曹的文本，喜欢诗的人比较喜好的也仅止于艾青。当我把北岛、江河的诗带回来，我周围的许多同学对北岛、江河竟嗤之以鼻。

之前班里写诗的人很多，我也写，但还是过去的语言系统，但触到北岛之后，我的诗风大变，变得异常冷峻而富于色彩和想象力，让我周围人震惊。正是通过我的变化，北岛等一批诗人开始在我所在的走读大学渐渐盛行起来，《今天》被广为阅读。北岛在我们心中的地位可想而知，可能正是我对北岛的倡导，使我结识了本校一位《今天》外围的人，他与《今天》有些接触，并知道北岛的住址。我渴望一见北岛，我心目中的诗歌英雄。经过多次酝酿与迟疑，我们终于决定去造访北岛。

2014.11.03

北京老胡同

语言紧绷，记忆断裂。好想回头，因为无法承受，内心的躁动。

——陈惜惜

北岛那时住在前门东打磨厂胡同的一个大杂院里，我记得那是晚上七八点钟，我们一共四五个人，骑着自行车，到了东打磨厂，找到北岛住的院子。虽然我们那时都住在很深的院子，但北岛住的院子似乎更深，院套院。走了好几重院子，不时向街坊打听一下赵振开（北岛原名）住在哪儿。按最后一次打听的街坊所指，就在眼前了，正对着我们的两间房，亮着灯，里面有人说话，无疑在家呢！

我们敲开了北岛的房门，里面烟气腾腾，一屋子人，出来一个人问我们找谁，引我们去的人报出自己的名字，介绍了我们，说是来拜访北岛的，显然对方知道带我们来的人是谁。但是北岛不在，说是“去邵飞那里了”。邵飞是北岛的妻子，那时似乎还只是北岛的女朋友，这样一说，是告诉我们北岛确实不在。带我们来的人知道邵飞是谁，北岛不在，我们不便进门，只好又失望又轻松地离开。

这是我唯一一次对北岛的拜访，此后还有一些机会，我都放弃了，我觉得我拜访过他了，表达了我对他的崇敬，这就够了，我不一定非要结识心目中的英雄。二十年来，我认识了许多北岛的朋友，但始终没见过北岛。英雄是一股气，只要这股气长存于心中，我认为是同样的，而且也许可能不无好处。不管后来周围有些人怎样议论北岛，说到一些情况，但北岛在我心目中始终是当年的北岛，不变的北岛。

我今天说出来，了了一桩心愿，但仍不轻松。

因为我觉得路依然漫长，而许多人，包括我已不再年轻。

我想我应该谢谢象罔与罔象，一个如此执着的人，一个许多年前的情结仍在延续，让我在这纷纭喧嚣的当下感到并不孤立，一切都不会终结。

新华书店

“你去过新华书店吗？”

过去这不是问题，问才是问题。现在还真是问题，这意味着有些问题也会像时间一样变得弯曲。时间包括空间，是否会弯曲，物理学家早给出了肯定的答复。但尽管如此，没有一条弯曲的河流你在近距离中看是弯曲的。时间也一样，每时每刻都是笔直的、向前的，但事实上不知不觉已弯过来。

那时，你不去新华书店是不可能的，你走在大街上任何一点都指向新华书店：王府井、前门、西单、西四、五四大街、菜市口、花市、广安门、地坛，这些地名后面都有四个字：新华书店。

那时买书排队，《红与黑》《巴黎圣母院》《包法利夫人》等外国名著抢手，中国的典籍也一样，甚至时下的作家李泽厚的书也一样，其《美的历程》让北京城的所有新华书店都人潮涌动，排长队，很快断货，再来又是长龙，那时新华书店简直就像现在牛市时的股票交易所。

王府井新华书店，是我去得次数最多的书店。那儿的书开架，品种齐全，堪称图书馆。坐落在老王府井路口，印象中书店旁边有一个很大的工艺美术品商店，把角是中国照相馆，便道靠马路边是北京最早的一家报刊亭。从书店出来骑上自行车不用下车，脚支在马路牙子上即可在报刊亭购买《十月》《收获》《小说月报》，有时就在街边看起来。报刊亭处有上便道的台阶，便道有一段颇为混乱，停着许多自行车，满眼都是打着阳伞的摊点。青艺剧场隐在其中，在那儿看过几场话剧。如今老王府井的一切消失得干干净净，回忆起来就像对冥界的一种回忆。

现在的王府井是李嘉诚的王府井，一座座同质的近亲繁殖的楼简直像科幻的王府井，像动漫世界。就李嘉诚而言，这几乎是一个纯然个人的王府井，唯我独尊的王府井——资本的极处与权力的顶峰有什么不同？

剩下的也只能如流行歌《李先生》所唱：

李先生，你熄灭了烟，说起从前
你说前半生就这样吧，还有明天
李先生，你嘴角向下的时候很美
就像安和桥下清澈的水

听出什么了吗？

老王府井新华书店当年有五层，没有载人电梯，就是一层层走着上，事实上也用不着电梯，每层都会去逛。消磨时间最长的是三、四层或者是二、三层，这里是人文书籍，文学、哲学、历史、音乐、艺术、社会学、心理学，各门类还有细分，如文学有中国文学、外国文学，当代文学、古典文学。另外还有全国各个出版社的货架，一排排，一格格，摆放成图书馆一样的空间。不码堆，不推荐，不排行，所有书都平等地在书架上，这点也像图书馆，给了读者绝对的权力，看起来费事，但在书店,人的主体事实上需要的就是“费事”。没有了被排行榜安排的“注意”，目光掠过书架上一本本窄窄的书脊，就像阅读一本特大的书，有时甚至食指会不由自主随着目光沿着书脊滑动，有时会突然停下，稍稍犹豫一下，看一下作者——书名与作者这两点在这时都非常关键，决定了你是否抽出这本书。如果两者都吸引了你，便会毫不犹豫地快速抽出，看看目录、前言、后记，作者介绍、文本的开头、结尾，一旦有什么被击中，必买无疑。当然，更多时候是犹豫、掂量，然后放弃。有些犹豫不决的书在下一次或下下次突然买了，那是诱惑多次终于下了决心。很多时候就是逛，逛是一种润物无声，漫步于书丛中，大千世界，时间过得非常快，过手过眼的书不计其数。有些书不值一买但值一看，于是囫囵吞枣，速速看完。

当时不觉得什么，多年后的今天才感觉逛是一种滋养，润物，让我受益无穷。事实上一个大型书店是一个关于“现在时”的图书馆，如果图书馆是静止的、过去的，书店则是动态的、当下的，是活着的图书馆。而活着的图书馆正需要逛，在逛中会形成一个当下世界的图景与结构。同时这个结构又是潜移默化的、无意识的。某种意义上，无意识的结构，事实上更深层地决定着人，所谓天赋也正植根于无意识领域。其次在逛中有着无形的知识点的建立，太多的知识点浮光掠影地播下种子，为日后的联想、索引埋下可遇不可求的路径，信手拈来的才智，以及一切意想不到的才气。

因此书店不同于商店，除了销售还有类似图书馆的功能，要让人逛，阅览，发现，培育无意识，建立知识与世界的整体感。当然，毫无疑问，这是双方面的，现在很多读者不想逛就想买，商家也提供了网购的方便。书变成纯粹的商品，书店日益萧条，潜意识或无意识则可能阙如。

一个潜意识不够丰富的人是什么人呢？

是可怕的人。

红塔礼堂

描述一个时代巨大而清晰的转型，或许没有比描述 1979 年前后的红塔礼堂的演出更富动感的了，那时你从红塔礼堂进来还是一个旧时代的人，出来时你已是一个新人。红塔礼堂为京城四大礼堂之首，也叫国家计委礼堂，国体色彩浓厚。虽说那时没有什么不是国家的，人都是国家的，但红塔礼堂一如国家本身。

红塔礼堂坐落在月坛北街十二号，高门脸儿，苏式建筑味道，上面有颗标志性的红星。月坛北街以古老月坛得名，但这里一点也不古老，无论南街北街，这里都与以胡同构成的老北京不同，没有胡同，没有四合院，没有枣树、海棠、垂柳、老榆树，没有最普遍的洋槐、国槐，没有街头巷尾，街谈巷议。这里是楼房，中央若干个大部委分布在南街北街，构成连片的宏伟的灰色调国家办公区，连带着街两旁也都是五六层的红砖或青砖楼房，路过这儿的人，或到这儿办事的北京人，觉得这儿不像北京，像国家。红塔礼堂坐落其中，恰如其分，看上去没有个性，但又有一种抽象的个性。

礼堂通常是演内部电影的地方，红塔礼堂的不同之处在于除了放电影还举办音乐会。最有名的一次是斯特恩的演出，1978 年 6 月，国门微启，小提琴大师艾萨克 · 斯特恩访华的首演选择在红塔礼堂。斯特恩是 1949 年解放以来第一位访问中国的西方小提琴大师，因此也成为我们改革开放的标志性人物。论起最初的改革开放甚至不能不提斯特恩，那时“文革”色彩刚开始褪去，各种障碍有待破除，斯特恩以音乐的方式到来恰如其分：西方身份，但却是非语言的。但也有一点错位，我们要开放，斯特恩却要寻找中国的“红色”。斯特恩在西方是左派，他来华我们原本准备的演出地点是北京展览馆剧场，那里上演过柴可夫斯基作曲的《天鹅湖》，是我们最有西方味道的演出场所，但斯特恩没选择北展剧场，也没选择政协礼堂，那附近有白塔寺，有最富中国特色的胡同，但都被斯特恩忽略，斯特恩一眼相中红塔礼堂。

然而不管斯特恩的左派倾向，还是红塔礼堂是否更代表中国，斯特恩演奏的音乐是人类的、美的，尽管如此，几年前中国还无权聆听。斯特恩的演出由李德伦指挥，第一场是

2014.09.30

北京老胡同

目送童年的背影，然后，过了很久很久，才慢慢明白：路，要迂回才会有风景。

——陈惜惜

中式服装

协奏曲音乐会，上半场为莫扎特的第三小提琴协奏曲，下半场是勃拉姆斯的协奏曲，第二天是奏鸣曲专场，中央人民广播电台进行了同步播放，曲目有贝多芬的《春天奏鸣曲》、弗兰克的奏鸣曲，以及德彪西的《亚麻色头发的姑娘》。西方经典与“红色”中国的对接，不仅在中国在西方也产生很大影响，不久一部名为《毛泽东与莫扎特》的纪录片问世，甚至摘得了奥斯卡最佳纪录片奖，让世界大开眼界。

《毛泽东与莫扎特》是跟随斯特恩访华的美国艺术纪录片导演艾伦·米勒拍摄，纪录片展示了斯特恩一家人在中国，他的两个儿子、太太，还有钢琴伴奏。影片特别聚焦了斯特恩初次来中央音乐学院，老人穿了一件很普通的T恤，下了车很平常，戴了一个墨镜，下了车以后往额头上一推，这个细节很有味道。大师课上，上海赶来的青年小提琴家唐韵演奏了勃拉姆斯的小提琴协奏曲第一乐章，斯特恩毫不留情指出了唐韵在和弦上弓子压得太厉害了，应该横向拉的动作多一点。大师一点拨，唐韵的演奏收到了立竿见影的效果。斯特恩的短暂教学给全世界留下深刻印象，让西方看到1978年的中国。

斯特恩之后是小泽征尔、耶胡迪·梅纽因，同样都选择了有着红五星的红塔礼堂。耶胡迪·梅纽因在红塔礼堂演奏了两场，同样是李德伦指挥中央乐团协奏。梅纽因的小提琴音色非常纯净，纯净极了，据说简直可以同天空和海洋相比，演奏时让人会不由得仰望。第二场谢幕时梅纽因邀请了中国最负盛名的小提琴家盛中国上台，与他合作巴赫的双小提琴协奏曲的第一乐章，演出达到高潮。盛中国当时使用一把借来的小提琴，是他的一位朋友“文革”时从信托商店中花了50元买来的，结果上台一拉，音量上就输了梅纽因一大截。尽管如此,两人的合作事实上已超越了音乐的意义,象征了世界与中国之约,几乎具有“行为艺术”的意味。如果是一把超级的小提琴就不特别中国,也不特别世界,现在恰到好处。

小泽征尔带来了旋风,他不是一个人,而是带来了一个交响乐团——波士顿交响乐团。这也是第一个西方交响乐团访问北京,可以看作是世界对中国的升级。小泽征尔走上红塔礼堂的舞台,环顾四周,吼了一声,听悠悠的回声传来,表示满意。或许小泽征尔并不真的满意,因为这么大一个交响乐团事实上在具有东正教背景的北展剧场演出似乎更合适,但小泽征尔要向世界展示现在的中国,选择了已蜚声世界的红塔礼堂。小泽征尔不同于斯特恩、梅纽因的纯然西方风格,既有东方意味又有西方逻辑的激情,大气磅礴,振聋发聩,又精细如瓷,对刚刚解冻的国人心灵的震撼、洗礼都无法用语言表达。

另外,或许由于小泽征尔是东方人,指挥美国交响乐团,看上去有种格外的亲切感,几乎没有人不想到五百童男童女到日本之说,因此,比起斯特恩、梅纽因,小泽征尔在当时的影响也大得多,轰动一时。贝多芬的广为流行也与小泽征尔的影响力有更直接关系,以至那之后不久,再提贝多芬作品,北京人都直接亲切地叫“贝五”“贝六”“贝九”,说明已相当熟悉,透着亲切、专业,把贝多芬中国化了。值得一提的是小泽征尔那一头男人的长发,激情而飘逸,让从未见过男人留长发的中国人惊讶又瞬间接受,因为确实有一种征服力,不得不承认太另类,但也太帅了。这使小泽征尔既高端,又时尚,又另类,成为破天荒的明星。开放年代,小泽的长发助推了中国,加速了心灵成长,影响了一大批年轻人。不少年轻人留起了长发，早早与世界接了轨。如果说斯特恩对于中国之门是微启，小泽征尔就是风风火火地推开，堪称斯特恩之后影响中国的第二人。

尽管红塔礼堂不断地有西方音乐牛人演出，在西方人看来它已相当于纽约的卡内基音乐厅，但在北京，红塔礼堂并没因此阳春白雪，高高在上，依然向最普通人开放。依然放电影，依然大声喧哗，进场散场都如潮涌。北京这地儿就是这样，不管自己曾经什么水平，不管什么牛人大师来过，我该怎样还怎样，该喝大碗茶还喝大碗茶，该放电影还放电影，不接待外国牛人时红塔礼堂照样是一个经常放电影的普通场所。什么是北京范儿？这就是北京范儿，老百姓的范儿。北京范儿就是稳当，天不变道亦不变，在这个与北京不一样的国家办公区，这倒仍是北京的传统。那时北京很少连阴雨天，更没这么多机动车，总是阳光灿烂，阳光的热度与内心的热度很像，一张简易的只有座位号没有价格的电影票，会让刚上大学不久的我或我的同学，一往无前地置身在暴晒的夏日阳光下、雨下，冬天的北风中、雪中，把自行车骑得飞快。为什么飞快？因为电影票刚到手，刻不容缓，还有二十分钟或者半小时就开演了。

那时的电影分礼堂电影和电影院电影，二者几乎平分天下，而礼堂电影与电影院电影的不同在于，前者是一个“政治”概念，有“政治”特权，也就是说电影院还不能放的外国电影或等待“解放”的电影,可以在礼堂放，然后再拿到市面上的电影院放。后来形成习惯，即使完全没什么问题的外国电影也要先在礼堂放再拿到电影院，“先内后外”是我们的传统，在礼堂体现得特别明显。这样一来，那时的“礼堂”反而是很先锋的，许多禁区也就先从礼堂开始冲破。其实礼堂本身并不先锋，主要是惯例使然，但感觉上很先锋。礼堂不是营业场所，虽也有电影票，但多是内部发票，没有价格，票传来传去，以致传到你手上根本不知是哪儿发的票，时间也所剩无几。

我的同学中有人有些背景，常能搞到票，另外一些亲朋也跟礼堂牵三扯四的，沾点边儿，尽管如此我在红塔礼堂看的电影仍不算多的，印象深的也是通常的《孤星血泪》《巴黎圣母院》《红与黑》《红菱艳》《叶塞尼亚》，甚至有些记混了，是在别的礼堂看的。虽然不算多，但现在回过头来看都是经典电影，而且不是字幕，都是译制好的。那时，不知是什么神秘的人在推介电影，只是最近查了资料才知道，那些至今仍是电影史上最棒的电影是由尚华、苏秀、童自荣这些老电影人配音或推介的。多亏了白垩纪般的“文革”时间还不算太长（也够长了），还能幸存下一批艺术家，能起点很高地传递文明的薪火，否则我们能否很快进化到“人”还很难说。

如果记忆不错的话，在红塔礼堂我看的第一部电影是改编自狄更斯原著的《孤星血泪》，小说的名字叫《远大前程》。《远大前程》虽然是狄更斯的代表作之一，但是 1979 年我刚上大学时根本不知狄更斯是谁，更不知导演是谁，演员、配音演员是谁。没这些概念，内容为王，不及细分。时间似乎是在小泽征尔演出之后，或梅纽因之前。无论如何电影比音乐影响大，冲击也更大。我记得电影一开始就把我看傻了，幕布拉开，展现在我眼前的是一大片夜黑风高的墓地，一个强盗一把抓住祭奠父母的少年。

少年叫匹普，恶狠狠的强盗威胁少年匹普回家找一把锉刀给他，不照办就杀了他。匹普吓坏了，自然观众也吓坏了，匹普回到家，偷偷拿了锉刀，又偷偷拿了家里过圣诞节的一大块肉饼。我非常不理解，拿了锉刀也就行了，还要拿肉饼给强盗干吗？强盗没说要肉饼！以我们的人性观这是最不可思议的，我们理解威胁，威胁是合逻辑的，但不理解逻辑之外的东西。匹普回来后，姐姐发现肉饼少了一个，大发雷霆，正要恶狠狠地对弟弟施暴，警察抓来了强盗。强盗大喊大叫说肉饼是他偷的，锉刀也是他偷的。强盗撒了谎，洗清了匹普！这个翻转情节在我的由“样板戏”与武侠小说构成的二元论意识里无疑是一次核爆炸。

我们的文化里没这种东西，从来没有过，反正我至今没见过。溢出性的思维有，但少，人性层面就更少。强盗竟然掩护被他威胁的少年？杀人偿命，欠债还钱，我的逻辑异常清晰，从未有过溢出，但《孤星血泪》让我引爆般地逸出了，也溢出了：人性不是铁板一块，特定的条件下是可以逆转的。关键是溢出的肉饼（太关键了），狰狞的盗贼因此呼应性地有了善的勇于承担的一面。那么少年是如何溢出的呢？那时我没想到宗教原因，只是觉得一切并不是非黑即白、非此即彼。但仅此已打破我的思维惯性，别小看这一善恶颠覆性的转换，它是另一种思维方式，它打破了坚如磐石的因果，使二元的头脑有了一扇天窗，现实之外的光照进来，并由此对人性充满了惊奇，看到了各种可能性、复杂性，看到自我深处的善、恶，变量与变动不居，模糊与清晰的边界，最终看到善是如何爆发的，爆发得感人至深。

何为启蒙？这便是。人、人道，那个劫后时代呼唤的主旋律先在各个礼堂奏响，然后进入公共电影院。后来看到的《九三年》是这样，《悲惨世界》是这样，《红与黑》是这样，《巴黎圣母院》是这样，夸西莫多如此丑但灵魂是多么美，在别的人都不敢挺身而出救美审美时“丑”挺身而出，奋不顾身，给绞刑架上的“美”送上了甘露一样的水。这就是人，应有的人，形而上的人，人成为那时人们灵魂中的最强音。这最强音既从过去的灾难而来，也从此时的红塔礼堂而来，那时当你从红塔礼堂进来，你可能还是一个旧时代的人，但是出来时你已是一个新人，红塔礼堂，京城四大礼堂，数不清的礼堂，是那时我们走出“荒原”的起点，而不仅是艾略特意义上的。

2010年，当我听说红塔礼堂进行了拆建，我没去看，也不打算去。三十多年了，我们发生了复杂的巨变，这时我觉得一个电影院、一个礼堂已不能解决我的问题。而且，我已不年轻了，让年轻人去吧。或者现在年轻人应该有自己的处所，找不到公共的也要找到自己的。

后记：漂来的房子

说吧，漂来的房子是一种隐喻，还是现实？

漂来的房子最早叫没有窗子的房子，它出自四十年后我哥哥同我的一次谈话。四十年前我父亲乘一列小火轮把我们全家从乡下接到北京，先到了天津码头然后转道北京。我哥哥在形容那列小火轮时说它像一间没有窗子的房子，当时他十岁，我还没有出生。我显然不在船上，但我始终认为我是在船上的，乡村的小火轮像在我哥哥脑海一样一直也在我的脑海里。不同的是我认为是漂来的房子。我认为我们所有人都是漂来的。没有窗子的房子，漂来的房子，前者大概是一种隐喻吧，它暗示了我哥哥五十岁以后一种无以名状的状态。就算是没有窗子，我想大概总应该有个窄门吧。我想门是开着的，能看到河上的风景。

哪一条河，是运河吗？

不，是半截河，河北省的一条古老的河，四十年前甚至三十年前还可以通航，但现在像它通往的著名的白洋淀一样，如今河已经干了，现在它只是一个村子的名字。半截河的邻村宁庄儿是我的故乡。另一个邻村叫诗经村，我不知道它和《诗经》有着怎样的关系，但肯定有关系。我虽然并不出生在宁庄儿、半截河或诗经村，但我认为我来自那里。也许我在另一条船上。漂来的房子或没有窗子的房子里坐着我城里人的父亲、乡下的母亲，以及我十岁的二哥、六岁的姐姐、十二岁的大哥。我大哥水性好，受不了船上的闷热，一直站在船尾的窄门处。后来我二哥也站在了那里。两个乡村少年对于未来感到不安，他们要永远离开他们的河流和村子了。他们的父亲一直在教育他们，城里人有哪些规矩，他们应该如何如何。我母亲听烦了，同我父亲吵起来，以致行前发生了到底还去不去北京的危机。我母亲说他们并不稀罕北京。北京是我父亲的梦想，他为终于就要实现这一梦想非常自豪。一次不安的不愉快的航行是他始料不及的。船到白洋淀时起风了,我父亲叫我两个哥哥回来。他们回来了，坐在黑暗里。

他们不想离开?

一直想离开，但到了船上他们开始感觉不安。事实上我父亲也同样感到了某种不安。离开故土总是让人不安的。我父亲十三岁离开故乡，正好是我大哥这时的年龄。虽然我父亲与我大哥离开的背景如此不同，但同样具有背井离乡的性质。也许我父亲理解了孩子的不安，因此起风之前他一直站在他们身后,不再教训他们。我哥哥在向我描述那次航行时说，父亲在他们回到船内后，再次讲起 1925 年他的离开，以及我们这个家族更早的离开。由于我父亲的讲述(一代代的讲述)，我和我哥哥从记事起就感到我们来到这个世界不是偶然的，我们一直生活在遥远的记忆里，几乎没有真正意义上的童年。我们的年龄似乎远远大于我们实际的年龄。我们不是七岁、十五岁、二十四岁，从一生下来就可能是五十岁、七十岁，源远流长，一直甚至可以追溯到山西省洪洞县的大槐树下。我父亲说，几百年前，我们宁氏先祖四兄弟在山西洪洞县大槐树下背井离乡。我们的祖籍是山西人，是历史上最早加入最大一次移民行列的家族。几百年前，天下一统，连年战火，中原人口锐减，新朝皇帝下令相对安定的山西人向内地移民，山西各地移民集中在洪洞县大槐树下，向河北、山东、安徽、江浙进发。

据笔录，你哥哥后来曾重返山西。

是。几百年后另一次大规模的移民。那是1968年，我哥哥从北京出发，宿命般踏上了先祖的移民之路。那年他二十二岁。我哥哥说1968年的北京站站前广场一如当年古老的大槐树下，成为亲人送别和哭声的海洋。我母亲、姐姐、父亲，还有我，我那时十岁，在站前挥动着手臂。我们还有更多像我们一样的人，至今不会忘记那最后时刻一声尖厉的汽笛声："哭，哭——"火车叫送行的人哭，本来多数人都还忍着，这下叫哭，所有人都一齐哭起来。母亲儿子扶车牵手而行，汽笛撕心裂肺。杜工部有"感时花溅泪，恨别鸟惊心"之句，那时没有汽笛。鸟都惊心，汽笛又该如何？

三十年后我读到后来疯了的诗人食指当时写的《这是四点零八分的北京》，像杜甫的《春望》一样，我认为《这是四点零八分的北京》同样是我们诗歌史上的不朽之作，同样是一个时代的重要证词：

这是四点零八分的北京

一片手的海浪翻动
这是四点零八分的北京
一声尖厉的汽笛长鸣

我的心骤然一阵疼痛，一定是
妈妈缀扣子的针线穿透了心胸
这时，我的心变成了一只风筝
风筝的线就在妈妈的手中

线绳绷得太紧了就要扯断了
我不得不把头探出车厢的窗棂

我再次向北京挥动手臂
想一把抓住她的衣领
然后对她亲热地喊
永远记住我，妈妈啊北京

这首诗写于 1968 年 12 月 20 日。我部分地引了这首诗。食指是那个时代的天才、代言人，他记录了我们时代的离乱与惊心。1998 年我在沙河精神病院见到了大诗人食指，像我哥哥一样他已不再年轻，老了，但神志不错。离乱仍刻在他脸上，像历史见证。随着时间推移，我后来在更多人脸上看到了 1968 年、1925 年、1957 年、1851 年，直至我的海门先祖离开山西大槐树下的明代初年。我父亲说，我的先祖宁海门当时只有十四岁，与宁江门等三位兄长被绳索牵着，与更多人捆在一起，玄衣青裤，离开大槐树下，走在长长的黄烟四起的移民队里。

你能确认海门是十四岁？

是一代代传下来的。家谱上也有记载。我父亲听我太祖父说，移民官员为防止中途有人逃跑，把所有人用绳索串联起来。我们这一门是海门。海门是四兄弟中最小的一门。最小一门最先与大哥、二哥、三哥在现在的河北省河间县城被强行分离。十四岁的少年宁海门得到了大哥宁江门的一套“四书”“五经”和一副纸墨笔砚，我父亲说，江门要海门不忘读书写字，记下家世，将来太平，每门提一部家谱重返山西故里。

据对县志的了解，这一想法始终没有实现。不过，你是否扯太远了？

如果我的年龄无法确定，就没有称得上远的事物。四百年算什么？对于每一个中国人四百年都不算什么，一千年也不算什么。你们说的县志我不信任，如果你们据县志裁定事物，你们会像县志一样荒谬。随你们便吧。真正的记载在民间，在心灵，在代代离民的血液，在母亲和祖母的夜晚，在刚出世的婴儿的摇篮里。事实是，江门的想法部分地实现了。我母亲说，1951年春天或者秋天吧，一个中国近代史罕见的和平年景，江门后人出现在河北境内。他们一行七人，从安徽过来，骑着马，一路寻访，为首的是一个干部装束的人，五十多岁。我母亲说看上去是个不小的干部。那时我父亲不在家，他在北京，已经有一份产业，开了一家织布厂。我父亲不在家我母亲抱着我姐姐，牵着我四岁和六岁的哥哥出来迎接江门的人。县上早就有报信儿的来，说安徽江门后人千里迢迢去山西祭祖，先到河北来探望海门后人，这件事在我们村子引起了轰动。数百年来这个村子没有一天不在谈论当年大槐树的事，即使日本人占领了这个村子，四十五次烧过这个村子，杀了数十名族人，但人们甚至在地道里用土枪瞄准日本人的时候，还在谈论江门和海门。江门的人来了，据说为首的人也是个抗战英雄，宁庄儿全村的人出来隆重迎接，我大伯把江门一行迎请到了宁氏家谱祠堂。江门先祖牌位赫然在目，我大伯把一部完整的海门近二十代宁氏家谱交给了江门的人,江门的人施大礼跪接了。江门的人说,江门的家谱只记了几代，很早就中断于战火，但他们的子孙牢牢记住了他们是大槐树下的人，他们的先祖是宁江门。他们寻访过另两门的踪迹，没有一点音信。现在他们看着一代一代一支一支大树般的海门总谱，不禁热泪纵横，他们说，还去山西干吗，不去山西了，就认这儿是祖了，说罢大哭。

你父亲当时没有赶到?

我父亲在北京，非常后悔没能参加这百年一遇的隆重大礼。江门一行到了河间县城，村里人才得到信，通知我父亲为时已晚。后来我父亲问了详情。我父亲说江门与海门有特别的恩情，当年江门把四兄弟中仅有的一部书和一套纸墨笔砚留给了十四岁的海门，显然是把希望寄托给了最小的弟弟海门，事实上也尽其可能把更多的财物、钱留给了海门。海门最小，最先与兄长分手，生离死别，无依无靠，情之所至，江门长兄如父，义薄云天，不顾未卜的前程，倾其所有，给了海门所能给的一切，三位兄长毫无异议，前景因此更加难料。血浓于水，大义凛然，这是我们这个民族中最古老也是最优秀的文化传承。我父亲是五个兄弟中海门情结最重的一个，由于生活所迫，像海门先祖一样他也是十四岁时走向了异乡，十六岁开始

2015.10.08

北京南三环

不想在此地驻留，载拥着爱、眼泪、已知和未知的种种，奔向远方。

——陈惜惜

挣钱养家，他走南闯北，义字当先，在外无论多苦，只要有一点钱就寄回老家我的祖母手中。我祖父在我父亲七岁那年离开了人世，后来差不多是我父亲在外挣钱支撑起了乡下一大家人，不仅供养了他的两个弟弟在三十年代的河间县城念完了初中，后来还买了地产，盖了三处院子。我父亲一直有一种悠远的无以名状的感恩思想，或许他认为他就是海门。1972 年他的长孙出世，家人为长孙的名字争论不休，我父亲虽没多少文化，但他早已想好长孙的名字，他一锤定音，为长孙取名宁海鹏。按理说先祖“海”字发端，后人应当避讳，但我父亲执意如此。多年以后我们兄弟才猜度到了我父亲当年多少有些可笑的深意：海门的人要重新开始，鹏飞天下。

海门二十代家谱传下来是个奇迹，请出示给我们一份。

我想不能，或者以后可能。1978 年、1989 年以及 1997 年我分别三次问过我母亲关于家谱庙和家谱的下落，我母亲说六百年的家谱庙毁于“文革”，它被强行拆除后砖瓦檩木哄抢一空，被族人盖了猪圈或院墙。宁氏家族总谱毁于年轻人的大火。我母亲说村里的年轻人疯了，不但掘了邻村民国大总统冯国璋的坟，也拆了自家的庙，造了六百年的反。所幸的是一些分支谱系被一些顽固不化的老人收藏起来，幸免于火。那时千年文化，命若游丝。1968 年我母亲回乡了一次，送我外祖母的骨灰，在一些老乡亲那里她看到了部分族人收藏的分支家谱，完整的已经没了。我母亲说，现在大家要是凑一凑兴许也能凑出一套——这已是 1997 年，我母亲临终前一年最后一次提到家谱。我想做收集的工作，但我母亲说村里已有人在做这件事。我哥哥对此不以为然，他说，即使收集起来，又有多大意义？已经分崩离析。至少心灵上的谱系已难以收集。浩劫之后的风化是难以避免的，而且还会进一步风化。我哥哥是悲观的，他说没有哪个古老文明最后能逃出分崩离析的历史命运。他的悲观让我不寒而栗。

关于“漂来的房子”，你是否还要补充？

我曾提到我母亲上船之前同我父亲吵了一架。母亲在农村妇女中是个具有独立品格、敢作敢为的人。一方面与她的天性有关，另一方面也与抗击日本人的那场战争有关。我母亲比我父亲小近十岁，他们是完全不同的人。1987 年我姐姐返乡在中共河间县委档案室查到了母亲在抗日战争中珍贵的历史资料。作为那个时代敌后抗战的传奇人物、一个拥有短枪的劳动妇女，她被载入冀中抗战史册是必然的。母亲“红莲”的名字许多年来被故乡人传诵。但事实上她光辉的历史早在 1945 年就结束了，到她上了我父亲的船，算是正式画上了句号。

2016.6.26

图书在版编目 (CIP) 数据

北京：城与年 / 宁肯著；陈惜惜摄影. —北京：北京十月文艺出版社，2017.7

ISBN 978-7-5302-1668-2

Ⅰ. ①北… Ⅱ. ①宁… ②陈… Ⅲ. ①散文集—中国—当代 Ⅳ. ①I267

中国版本图书馆 CIP 数据核字 (2017) 第 061008 号

北京：城与年

BEIJING：CHENGYUNIAN

宁 肯 著　陈惜惜 摄影

出　版　北京出版集团公司
　　　　　北京十月文艺出版社
地　址　北京北三环中路 6 号
邮　编　100120
网　址　www.bph.com.cn
发　行　新经典发行有限公司
　　　　　电话 (010) 68423599
经　销　新华书店
印　刷　北京汇林印务有限公司
版　次　2017 年 7 月第 1 版
　　　　　2017 年 7 月第 1 次印刷
开　本　890 毫米 ×1270 毫米　1/32
印　张　9
字　数　248 千字
书　号　ISBN 978-7-5302-1668-2
定　价　39.00 元
质量监督电话　010-58572393